PERICOLO ALFA

RENEE ROSE

LEE SAVINO

MIDNIGHT ROMANCE

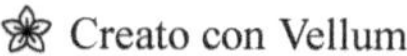 Creato con Vellum

OTTIENI IL TUO LIBRO GRATIS!

Iscrivetevi alla newsletter di Renee per ricevere Indomita, scene bonus gratuite e notifiche riguardo a nuove pubblicazioni!

https://BookHip.com/MGZZXH

mber

CHE SIA MESSO AGLI ATTI: *Le pazze soggette a visioni dovrebbero starsene alla larga dagli aeroporti affollati.*

Mi tiro dietro il trolley fino al lavandino del bagno e scruto il mio volto nello specchio mentre mi lavo le mani. Ho ancora i capelli raccolti in una specie di chignon non ben definito, ma il mal di testa che mi sta trapanando il cervello mi ha trasformata in un mostro, gli occhi rossi e infossati, come se stessero recedendo nel cranio per allontanarsi da tutto.

Ottimo. Un'emicrania martellante nel giorno del colloquio. Proprio quello che ho sempre voluto.

Mi asciugo le mani con una salvietta e tampono le guance con la carta umida e appallottolata, trattenendo un gemito.

Ma cosa pensavo di fare, venendo qui? Non c'è niente che scateni le mie allucinazioni più dei posti pieni di gente. Un tizio in giacca e cravatta mi è venuto addosso e un suo ricordo mi si è acceso un secondo in testa: lui a letto con una donna. Sta tradendo la moglie.

Non so come faccio a saperlo, ma è così. E vorrei che non lo fosse.

Magari me ne starò nascosta in bagno fino a che non chiameranno il mio volo. Sì, questo potrebbe essere il piano. Amber la Pazza, che si nasconde nei bagni perché ovunque va le vengono le visioni. Ho studiato legge per questo?

Il mio telefono emette un bip. 10:42. Ancora quindici minuti all'imbarco e cinque ore al colloquio. Infilo la mano in borsa per prendere l'ibuprofene e sussulto quando sento le pillole sbattere nella bottiglietta.

Che sia messo agli atti: *Ho sempre bisogno di tenere in borsa delle confezioni giganti di antidolorifici.*

"Mi scusi." Una voce calda risuona dietro di me e un'anziana mi tocca la schiena superandomi per prendere un asciugamano di carta.

Vorrei ritrarmi senza incrociare il suo sguardo, ma mi trovo intrappolata tra i lavandini e le salviette, incapace di fuggire. Sollevo gli occhi con il mio sorriso educato ben stampato al suo posto.

La donna ha i capelli lunghi e bianchi, ma un volto sorprendentemente giovanile, con grandi occhi blu. "Da quanto pratichi le arti intuitive?"

Mi guardo alle spalle, anche se so benissimo che non c'è nessun altro qua dentro. Ma non può aver parlato con me, giusto? "Prego?"

Mi tocca ancora delicatamente, e le sue dita restano appoggiate alla mia manica adesso. "Le arti intuitive. Da quanto le pratichi?"

Un brivido mi scorre dentro. "Mi spiace, ma non so di cosa stia parlando."

Il volto della donna si adombra. "Oh." La sua espressione

poi si rasserena. "Beh dovresti, tesoro, o continuerai ad avere mal di testa fino a che non lo farai."

La mia vista si offusca e nella mente scorrono rapide quelle immagini che stavo tentando di scacciare. Il senso di nausea mi pervade. Vedo un enorme uomo pieno di muscoli in piedi sulla spiaggia, la fronte aggrottata, i pugni serrati. Poi un lupo che ringhia in una gabbia.

Cerco di espirare per svuotare i polmoni e poi inspiro ossigeno fresco, scuotendo la testa come per cancellare le stupide visioni. Quando la mia concentrazione ritorna al bagno, sbatto le palpebre. La donna è sparita.

Afferro la maniglia della valigia e la trascino fuori dalla stanza, cercando con lo sguardo la donna dai capelli bianchi. Poi scorgo l'orologio. 10:42. Non è quasi passato il tempo, nel bagno, e non c'è traccia della donna.

Come ha fatto a svanire nel nulla?

CAPITOLO UNO

TRE ANNI DOPO

*A*mber

ENTRO NELL'ASCENSORE, fermando la porta con il piede in modo da tenerla aperta per il gruppo che si sta avvicinando.

"Grazie." Una voce profonda risuona nel piccolo spazio. Una grossa mano con un tatuaggio raffigurante le fasi lunari afferra la porta. Appartiene a un gigante d'uomo dagli occhi azzurri. Sotto la maglietta sbiadita che indossa e sotto ai tatuaggi, ha muscoli che sembrano quelli di Conan il Barbaro. Probabilmente potrebbe mangiarmi per pranzo e poi avere ancora fame.

Due uomini più giovani ma altrettanto imponenti sono al suo fianco. Teste rasate, un casino di piercing e altri tatuaggi. Devo trattenermi dall'arretrare.

Cosa ci fanno gli Angeli dell'Inferno nel mio condominio?

Non mostrare paura. La prima cosa che ho imparato dalle famiglie affidatarie. *Studia la minaccia.* Altra lezione dal sistema degli affidamenti, anche se da qui si passa tranquillamente al tribunale.

Mi alzo in tutta la mia statura di un metro e sessanta. Chi se ne frega se arrivo appena alla spalla del tizio più basso. Anch'io so essere cazzuta. Magari non ho buchi enormi alle orecchie o un piercing sul sopracciglio – *ahia, alla faccia del soffrire per la moda* – ma porto i tacchi a spillo. Mi stanno massacrando i piedi, ma con quello stiletto da otto centimetri possono essere peggio di un'arma!

"Siete venuti a trovare qualcuno del palazzo?" La mia voce ha una sfumatura dubbiosa. Non sono realmente una stronza ficcanaso, ma quando sento minacciata la mia sicurezza tiro fuori gli artigli.

Il primo tizio mi guarda dall'alto in basso e un angolo della sua bocca si piega. "No."

Almeno questo sembra in qualche modo normale, a parte la stazza enorme. Cancelliamo Conan il Barbaro. Questo è Thor, dritto fino a quella bella mascella squadrata. In genere non sono per il tipo grande e grosso e tutto muscoli, ma cavolo, questo mi fa davvero venire il solletico alle parti intime.

Congelo subito ogni fantasia su come potrebbe essere sentirsi maneggiata da un tizio del genere. *Maneggiata?* Sul serio? Quando mai ho voluto essere maneggiata?

I tre uomini entrano uno dietro l'altro nell'ascensore, riempiendo tutto il piccolo spazio. I tre delinquenti. Come i tre marmittoni, ma con più piercing e tatuaggi. C'è così tanto testosterone qua dentro che mi chiedo come faccio a respirare.

L'eccitazione mi scorre lungo l'interno delle cosce.

Mi appoggio alla parete, sperando che non siano malintenzionati. Non voglio giudicare, ma non sarei sopravvissuta all'infanzia se avessi ignorato le potenziali minacce. E questi tizisembrano rudi. La loro presenza mi fa vibrare la pelle. Non ho lo stomaco attorcigliato come nel mezzo di una delle mie visioni improvvise, ma sento un fremito che può significare solo una cosa.

Pericolo.

Fisso il petto statuario di Thor, il contorno dei muscoli ben definiti che premono contro alla maglietta e maledico i miei capezzoli per essersi induriti davanti a una così ovvia dimostrazione di potere mascolino. Cosa diavolo ho che non va? Mi eccito raramente davanti a degli uomini, e i miei ormoni hanno scelto questo momento per partire in quarta? Hanno optato per questo He-Man motociclista? Probabilmente è un criminale. Sposto il peso su un'anca, spingendo in fuori il fianco, e aspetto di sentire perché sono qui.

Lui non dice niente, ma uno dei più giovani mi fa un sorrisino.

Mi porto una mano al collo, pronta ad alleviare con un rapido massaggio la tensione alla base della nuca. Copro il gesto di difesa facendo finta di controllare che i capelli siano a posto, poi premo il pulsante per il quarto piano. "Che piano?" chiedo con il mio miglior tono da in-tribunale-potrei-farvi-il-culo.

"Il tuo," biascica Thor con parlata lenta.

È un 'su andiamo'? O una minaccia? Mi stanno seguendo? No, è stupido. Avrebbero potuto prendermi già nel parcheggio se avessero voluto. Ho sentito arrivare le moto, ma non avrei mai immaginato che i motociclisti fossero diretti qui.

Thor mi guarda, anche se io mi rifiuto di incrociare il suo sguardo. Tengo la valigetta davanti a me come scudo, fino a che l'ascensore si ferma e le porte scorrono aprendosi sul mio piano.

Ti prego, fa' che non stiano seguendo me. Paranoia, cara

vecchia amica. Qui sto facendo la capricciosa, ma il motivo numero uno per cui sono venuta a vivere in questo condominio invece di comprarmi una casa è stato per sentirmi al sicuro.

Non sarai mai al sicuro.

Cellulare alla mano, aspetto che quelli della gang delle motociclette escano per primi. Vediamo se hanno veramente un posto dove andare. I tre escono con passo blando, passano oltre la porta del mio appartamento e – *oh merda* – si fermano davanti a quella successiva.

Non. Se. Ne. Parla. Non può essere. "Siete i miei vicini?" Vivo qui da qualche settimana, ma non ho ancora incontrato nessuno. Questo nuovo edificio è giusto in centro e l'affitto è altino, anche per il mio salario. Non per essere maleducata, ma questi tizi con magliette e jeans laceri non sembrano potersi permettere un posto così. A meno che non siano trafficanti di droga. Che sarebbe proprio la mia fortuna.

"È un problema?" chiede Thor.

"Ah… no. Certo che no." *Almeno non fino a che non darete una festa disgustosamente rumorosa completa di ragazze motocicliste e troppo alcool.* Francamente non posso credere che non l'abbiano già fatto.

Infilo la chiave nella toppa, guardandomi alle spalle per assicurarmi che entrino davvero nel loro appartamento. Il teppista numero due – quello del sorrisino – fa uno scatto verso di me, ringhiando come un cane feroce.

Grido e lascio cadere la valigetta.

Il teppista numero tre ride.

"Dacci un taglio." Thor afferra il bordo della maglietta dell'uomo che ha abbaiato e lo tira indietro. "Vai dentro. Non c'è bisogno di spaventarla." I suoi occhi si posano ancora su di me. "Ci sta già pensando benissimo lei da sola."

I due più giovani entrano in casa, ancora ridacchiando. Io

raccolgo la mia valigetta. Delle ciocche di capelli si liberano dal fermaglio e io le tiro indietro per nascondere le guance arrossate. Dannati teppisti. La miamano trema e odio soprattutto questo. Non sono più la ragazza che si ritira spaventata sulle soglie delle porte.

Ho la testa un po' pesante, come prima di una visione. È da parecchio che non mi succede, quindi questa potrebbe essere proprio una chicca.

Grandioso.

Con il cuore che batte forsennato contro alle costole, entro a casa e faccio per chiudere la porta. Uno scarpone dalla punta rinforzata si inserisce tra il battente e lo stipite, impedendomelo. I miei occhi si alzano di scatto e si posano sul volto di Thor e sui suoi occhi azzurri. Si vedono le rughe d'espressione ai lati e lui mi guarda con un mezzo sorriso da predatore.

Rabbrividisco.

"Sono Garrett." Mi porge la mano attraverso l'apertura della porta.

La fisso per due secondi buoni prima che le buone maniere abbiano la meglio sulla paura. Passo il telefono alla mano sinistra e gli afferro il palmo. Il calore della sua mano mi avvolge e un senso di connessione mi risale il braccio. Una strana sensazione di consapevolezza mi riempie, come se io e questo tizio fossimo vecchi amici e me ne fossi solo dimenticata.

Scaccio il *dejà vu*. Devo tenere a bada Amber la Pazza.

"Scusa se Trey ti ha spaventata. Mi assicurerò che non succeda più." Ha una voce profonda e vellutata, perfettamente abbinata al suo aspetto da duro. Mi fa vorticare di calda eccitazione la base dello stomaco. Non sembra essere tanto più vecchio dei miei ventisei anni. È troppo grande per vestirsi e atteggiarsi da teppista. Anche se lo fa *dannatamente* bene. Maglietta sbiadita tesa sopra a pettorali giganti, tatuaggi che mi guardano ammiccanti dalle maniche e dal colletto. Scompigliato, capelli come se si fosse appena alzato dal letto e barba di mezza giornata. Mmm.

Che sia messo agli atti: *I ragazzacci tatuati mettono le mie ovaie sull'attenti e le rendono imploranti.*

Spingo giù il desiderio che si sta risvegliando. Non è il momento di eccitarsi. Questo tizio probabilmente borseggia le vecchiette mentre va ai suoi raduni motociclistici.

"State…" Mi schiarisco la gola, cercando di apparire disinvolta e non spaventata. "State tutti e tre qui?"

"Sì. Così sarai al sicuro con noi in giro." Mi rivolge un pieno sorriso che mi toglie il fiato. Ha delle profonde fossette e labbra notevolmente piene per un uomo così virile. Chris Hemsworth non è niente in confronto.

Al sicuro. Sì, giusto. "Fantastico. Mi sento già meglio. Ti spiacerebbe levare il piede dalla porta?" Vorrei essere fredda, calma e compunta, ma la voce viene fuori un po' acida.

Lui mi rivolge un sorrisino pigro che purtroppo mi innesca un leggero fuoco tra le cosce. "Non mi hai ancora detto come ti chiami."

"Lo so." Guardo decisa il suo piede.

Lui fa un suono di disapprovazione e si appoggia allo stipite. "Senti, principessa…"

"Non mi chiamare *principessa.*"

Lui inarca un sopracciglio. "E allora come ti chiamo?"

"Signorina Drake. Amber Drake."

"Sei un'insegnante o cosa?"

"Avvocato. E tu sei vicino a una denuncia per molestie." Non è vero. Non hanno fatto niente di male. In genere non mi metto a sbandierare ai quattro venti che faccio l'avvocato, ma voglio entrare in casa prima di avere una visione. Non c'è bisogno che il mio nuovo vicino sexy venga a sapere che sono pazza.

"Non volevamo spaventarti."

"Non mi spaventate," dico rapidamente.

"E allora perché ti tenevi le mani strette al petto? Quando ci hai visti, sembrava avessi paura che ti lasciassimo in mutande."

Oh Dio santo. Sta parlando delle mie mutande. "Non stringevo le mani al petto." Uso il mio tono più avvocatesco.

"E delle mutande che mi dici?"

Signore, aiutami. I punti sensibili coperti dal suddetto indumento si contraggono nel sentirlo nominare. "No comment." Do un tirone alla porta, ma quella non si sposta di un millimetro.

Lui alza le mani in segno di resa. "Figura retorica. Se avessi avuto le mani libere, te le saresti strette Al petto."

L'immagine di *lui* che tiene le *sue* mani sul *mio* petto mi fa quasi annaspare. Per nascondere il desiderio che sta crescendo dentro di me, ritorno alla mia espressione accigliata e smetto di tirare la porta.

"Senti," mi dice. "I miei amici sono a posto. Possono sembrare rudi, ma sono dei boy scout figli di puttana."

Sussulto davanti a quella parolaccia mal piazzata. "Beh… signor… Garrett, forse dovrebbe tornare ad aiutare le vecchiette ad attraversare la strada." *O a borseggiarle*. Gli faccio sciò con la mano, ma non si sposta.

"Preferirei aiutare te a venire nel mio appartamento qui accanto." Si china più vicino a me e l'eccitazione mi pervade. È passato tanto tempo da quando sono stata colpita da un uomo così sexy. Forse non è mai successo. La sua mancanza di delicatezza mi fa ruotare gli occhi, ma devo ammettere che c'è qualcosa di interessante nella sua impudente schiettezza.

No. Non sono minimamente tentata.

Che sia messo agli atti: *Devo trovare un tipo carino, normale e che non faccia paura con cui flirtare.* Mai e poi *mai* immaginare di andare a casa del mio spaventoso vicino sexy con indosso nient'altro che un paio di minuscole mutandine, e le mani – le sue – strette al petto. E magari un paio di tacchi ai piedi.

Oh Dio.

"Sul serio." La voce di Garrett scende di un'ottava e quel sommesso *borbottio* mi emoziona. "Vieni di là, beviti una birra. Vieni a conoscerci."

Può Amber l'Avvocato trasformarsi in Amber la Motociclista? Per un nano-secondo mi vedo fuori dai miei eleganti abiti da lavoro e con indosso jeans aderenti e un top corto. I capelli sciolti sulle spalle, le guance baciate dal sole e accarezzate dal vento. Mi tengo stretta a Garrett mentre piega in curva sulla nostra moto.

Sbatto le palpebre. Ho appena avuto una visione? In tutta risposta la testa mi pulsa un poco, ma non c'è dolore.

"Quindi, che dici principessa?" Garrett mi sta ancora guardando, i suoi occhi azzurri sono amichevoli. Una ragazza potrebbe perdersi in quel mare ceruleo.

Non. È. Sicuro.

"No, grazie."

"Ok. Ci perdi tu." Toglie lo scarpone dalla soglia.

Io tiro con forza e la porta sbatte in faccia a tutti e due. Lancio un gridolino come un'idiota. *Dio santo.* Tiro su dal naso un respiro lungo e tremolante. Qualcosa si è sciolto nella mia pancia e sta facendo le capriole come un palloncino quando si sgonfia.

Quando chiudo la serratura di sicurezza, premo l'orecchio contro il legno e ascolto. Passano tre secondi e poi sento dei passi che si allontanano. Mi accascio contro alla porta, mi metto una mano sulla testa. Quel leggero pulsare è sparito.

Che sia messo agli atti: *Domani devo chiamare l'amministratrice di condominio e scoprire esattamente chi sono questi tizi e se sono state sporte lamentele contro di loro.*

Per quello che ne so, forse il mio appartamento era disponibile perché nessuno voleva vivere accanto a loro. Io di certo non voglio.

Almeno è quello che continuo a ripetere a me stessa.

Sfilo le scarpe a stiletto e appoggio la valigetta sul tavolo, mentre premo il tasto di chiamata rapida per la mia migliore amica.

"Ehi bella," mi risponde. Sarò anche noiosa e normale – o almeno cerco di esserlo – ma la mia migliore amica è forte. Sua mamma era una hippie, però, motivo per cui lei si è ritrovata con un nome indegno.

"Ciao Foxfire. Come va?"

"Cerco di tenermi occupata… sai, di distrarmi." Foxfire ha beccato il suo ragazzo che le faceva le corna il fine settimana scorso e l'ha cacciato via. Era ora, ma le rotture fanno sempre male, quindi mi sono autonominata sua cheerleader personale e coordinatrice delle attività finché non ci sarà più il rischio che voglia tornarci insieme.

"Vuoi venire a casa mia? Potremmo guardare qualcosa su Netflix e rilassarci." Sono pronta per intontirmi un po' davanti alla TV stasera. Non c'è niente di meglio di qualche stupido reality show per tenere a bada le mie folli visioni. Se solo dessero una mano anche per il mal di testa…

"No, grazie," sospira Foxfire.

Sento che sta per innescarsi una spirale di tristezza, quindi la batto sul tempo. "Ehi, sai cosa dovremmo fare?"

"Cosa?"

"Andare a ballare domani sera. Ci sono i Morphs che suonano al Club Eclipse."

"Non so. Non ne ho tanta voglia."

"Stai scherzando? Sono i tuoi preferiti. Mi dici sempre quanto sono bravi in concerto." Per lo più evito locali, bar e qualsiasi altro luogo rumoroso, come se ne andasse della mia salute. Che, vista la mia tendenza ad avere visioni, probabilmente è anche vero. *Foxfire, faresti bene ad apprezzarlo.* Faccio un respiro profondo e mento di brutto. "Beh, io ci voglio andare."

"Tu? Tu odi uscire. Di solito sono io che ti trascino in giro."

"Uh, già, e adesso ne sento la mancanza. So che non ti va, ma non è questo il punto. L'obiettivo è costringerti a uscire e a socializzare." Faccio lo stesso discorso che lei ha usato con me tantissime volte. "Scommetto che un milione di ragazzi ci proverebbero con te."

Foxfire sbuffa. "Ne dubito. Ma un Cosmo mi piacerebbe proprio."

"Anche a me." Ora tocca a me sospirare.

"Beh, e tu che dici? Stai lavorando un sacco ultimamente."

"Sì, c'è parecchio da fare al centro."

"Tanti bambini che arrivano nel sistema?" La delicata compassione nel tono di Foxfire mi fa raddrizzare le spalle.

"Un po'."

"Beh, so che li stai aiutando. Rendi quasi positiva la parola avvocato."

"Questo non lo so, ma aiutare questi ragazzini è necessario. Cristo, tantissimi di loro hanno delle vite così incasinate. Si meritano almeno una persona che si curi di rappresentarli nel sistema." Prendo una spugna dal lavandino e do una passata al banco della cucina, anche se è già pulito. "Ah... e ho appena conosciuto i tizi della porta accanto."

"Ah sì?" Foxfire parla con tono insinuante.

"No, non in quel senso. Sono tipi che fanno paura."

Ricordo gli occhi azzurri di Garrett e il suo sorriso con le fossette. Magari lui non è poi così spaventoso. Ma non ci sono dubbi che mi abbia lasciato confusa e sfasata. "Non so. Non saprei dire se mi volessero intimidire o cercassero di flirtare con me."

"Sembri interessata."

"No, non lo sono per niente." *Totale bugia.* Sento un formicolio alla mano dove Garrett l'ha stretta. Un uomo come lui potrebbe essere usato per salirci sopra come in una palestra di arrampicata. Mi permetterebbe di montarci sopra? Oh cavolo. *Piantala di fare pensieri sconci, Amber!*

Non lo voglio nel mio letto. Anche se probabilmente è molto bravo. Ma bravo a letto non significa che sia un bravo vicino. Spontaneamente mi si accende nella mente l'immagine di me a uno dei loro festini notturni, con le mani strette al petto e solo le mutandine addosso.

Piantala.

"Sono fichi?" Figurati se Foxfire non legge tra le righe.

Anche se sono da sola nel mio appartamento, le guance avvampano. Mi lascio andare a una risata strozzata. "Ehm… sì. Uno di loro lo era – lo è – sì, insomma. Ma non è il mio tipo. Per niente il mio tipo."

~.~

Garrett

Mi porto il palmo della mano al viso e inalo l'odore ancora presente della bella biondina umana. Stava da Dio con quella gonna corta e attillata e la giacchina abbinata, e anche se si sforzava di fare tanto la perfettina con i capelli tirati su in un'acconciatura da bibliotecaria, ho sentito l'odore del suo interesse. Era eccitata. *Da me.* E quando le nostre mani si sono toccate, ho sentito una specie di scossa.

Ho ancora il formicolio alle dita dal contatto.

Le ho sentito addosso anche un po' di paura, ma la fragranza era per lo più calda e sensuale, vaniglia, arancia e spezie. Il mio lupo non aveva voglia di spaventarla, che è una gran cosa. Di solito gli piace fare il gradasso in giro e di fronte alle donne umane prova solo impazienza. Perché dovrei avere interesse per un'umana? E lei è decisamente tutta umana: mi sono avvicinato apposta per esserne certo.

Non ho idea di come abbia fatto a farmelo venire così duro. Piccola insolente, fare tanto la ragazza d'alto bordo mentre le ginocchia le tremavano dalla paura. Avrei voluto spingerla contro alla parete dell'ascensore, piegarmi quelle ginocchia attorno ai fianchi e sbatterla fino a farle perdere tutta l'arroganza. Scommetto che non ha mai avuto un orgasmo come si deve. Potrebbe essere una bella idea farle vedere cosa vuol dire venire sul serio, tutt'attorno al mio cazzo, mentre il mio nome cola da quelle labbra a ciliegia come una preghiera.

Mi sistemo l'uccello gonfio dentro ai jeans prima di lasciarmi cadere sul divano in pelle. Trey e Jared hanno già aperto delle bottiglie di birra e sono fuori sul balcone che parlano ad alta voce. Forse non l'approccio migliore per le relazioni con il nuovo vicinato.

Magari sto diventando troppo vecchio per continuare a vivere con i miei fratelli di branco. Mio padre mi sta dicendo da anni che devo prendermi una compagna, comportarmi come un adulto e trasformare il branco di Tucson in qualcosa di più che un club di motociclisti composto per lo più da mutanti maschi. Viviamo liberi e allo sbaraglio, ma il sentimento di congregazione fa venire voglia alla maggior parte dei lupi di mettere su famiglia e spostarsi nel branco di mio padre a Phoenix, o fuori dallo Stato.

Il telefono suona e controllo lo schermo. "Ehi, sorellina," rispondo.

"Ciao Garrett." Sembra senza fiato. "Indovina dove vado per le vacanze di primavera?"

"Uhm… a San Diego?"

"No."

"Nel Big Sur?"

"No, non in California."

"Dove, bambina?"

"San Carlos!"

"*No*." La mia voce diventa profonda e minacciosa. San Carlos è una città balneare del Messico a diverse ore a sud di Tucson, ma secondo i notiziari al momento ci sono problemi con i cartelli della droga.

"Garrett, non te lo sto chiedendo." All'età di ventun anni, mia sorella Sedona – dal nome della bellissima cittadina dell'Arizona dove i miei genitori l'hanno concepita – è ancora la piccolina viziata della famiglia. Vuole piena autonomia quando la chiede, e completo supporto – finanziario o di altro genere – per il resto del tempo.

Avevo dieci anni quando Sedona – piccolo errore di percorso – è nata, quindi per me è più una figlia che una sorella. Faccio la voce più dura. "Oh, faresti bene a chiedere, perché altrimenti potremmo avere un grosso problema." I miei hanno permesso a Sedona di andare all'Università dell'Arizona solo perché io ci vivo abbastanza vicino da poterla tenere d'occhio. Sarò anche un bonaccione, ma sono pur sempre un alfa. Il mio lupo non tollera che la mia autorità venga messa alla prova.

"Ok, scusa. Te lo stavo chiedendo." Cede di fronte alla mia reazione e passa da testarda a implorante. "Garrett, ci *devo* andare. Tutti i miei amici ci vanno. Ascolta. Non passeremo per Nogales. Abbiamo scoperto una via sicura. E saremo in un grosso gruppo. E poi non sono un'umana, ricordi? Le bande della droga non possono farmi del male."

"Una pallottola in testa farebbe male a chiunque."

"Non intendo beccarmi una pallottola in testa. Non comprerò droghe, ovviamente, e non gironzolerò attorno ai posti dei traffici. Sei troppo protettivo. Sono un'adulta, se mai te ne fossi scordato."

"Non fare l'insolente."

"Ti preeeego, Garrett? Ti prego ti prego ti prego. *Devo* andarci!"

"Dimmi chi viene."

Professionista nel dominare le persone e averla sempre vinta, Sedona si lancia all'istante contro alla mia resistenza che si sta allentando e si butta con fervore nella descrizione del gruppo. Quattro ragazzi e cinque ragazze, di cui due coppie. Tutti umani, tranne lei.

Se fossero lupi, farei un po' il difficile per la mescolanza di maschi e femmine – non che io sia all'antica. Con gli umani, però, nessun maschio sarebbe in grado di avere la meglio su mia sorella in nessun possibile scenario. Però, un viaggio primaverile in spiaggia mi sa comunque di troppi drink e troppe feste, che poi portano sempre a decisioni e scelte infelici.

Un grido dal balcone mi fa voltare e lanciare un'occhiataccia ai miei coinquilini.

"Voglio conoscere questi ragazzi," dico a mia sorella.

"Garrett, *ti prego*! Sarebbe stra-imbarazzante. Non è giusto."

"Allora la mia risposta è no."

Sedona sbuffa al telefono. "Va bene. Passiamo a salutarti prima di partire."

Molto furba. Sarei il più grosso stronzo sulla faccia della Terra se dicessi no al suo viaggio così all'ultimo minuto. Mio padre lo farebbe, ma io no. Che è il motivo numero uno per cui Sedona ha scelto un college nella mia città, piuttosto che andare nello Stato dell'Arizona.

"Ok. Quando parti?"

"Domani."

"Mi chiami per chiedere il permesso la sera prima del viaggio?" Ringhio al telefono.

"Beh, stavo tentando di evitare la richiesta di permesso, a dire il vero." La sua voce si fa piccola.

"Sei fortunata ad averci ripensato." Costringo la mano a rilassarsi. Non voglio spaccare un altro cellulare.

"Quindi posso andare?"

"Non permetterai mai a nessuno di guidare ubriaco. Mai."

"Giusto."

"E non berrai mai più di due drink a sera."

"Oh andiamo Garrett, sai che posso berne di più."

"Non mi interessa. Ti sto dando le mie regole. Se vuoi andare, farai meglio ad accettarle."

"Ok, ok. Accetto. Che altro?"

"Voglio un messaggio di controllo ogni giorno."

"Capito."

Sospiro. "Vi siete procurati l'assicurazione messicana per l'auto?"

"Sì. È tutto pronto. Ci vediamo domani mattina. Ti voglio bene, fratellone. Sei il migliore!"

Scuoto la testa, ma sorrido mentre riaggancio. Chiunque si prenderà mia sorella come compagna, avrà tutta la mia pietà. Negarle qualcosa è impossibile.

"Ehi, capo. Vai al club stasera?" Trey entra a passo lento dal balcone.

"Stasera no." Controllo il telefono per vedere se si sia danneggiato. Sedona tira fuori il mio lato protettivo come nessun altro. Almeno fino a che non ho incontrato la signorina Perfettina della porta accanto. Per qualche motivo il mio lupo ha già deciso che si trova sotto la mia protezione, che le piaccia o no.

"Perché pensavo di invitare fuori la nostra nuova vicina. Per vedere se ha un lato selvaggio."

"*No.*" La mia risposta è un ringhio, e il telefono scricchiola nel pugno. La rabbia sale dal nulla, sorprendendomi di brutto. "Lasciala stare." Trey abbassa gli occhi al pavimento. Dietro di lui, Jared rimane immobile.

"State alla larga dalla nostravicina." Il mio lupo è quasi in superficie e la mia voce diventa roca.

"Sì, Alfa." Entrambi i lupi chinano la testa.

Invece di una spiegazione, un altro ringhio mi sale dalla gola. Sono un alfa. Non devo spiegazioni a nessuno. "E basta bere sul balcone," aggiungo con un'occhiataccia. Quando apro la mano, i pezzi del cellulare cadono sul divano.

La mia rabbia si attenua al dileguarsi dei coinquilini, ma la soddisfazione resta. Il mio lupo è contento che abbiamo protetto Amber. Ma perché? Cosa me ne frega di una piccola umana?

mber

PILE DI FOGLI mi guardano dalla scrivania, ma non riesco a concentrarmi. Mentre giocherello con una ciocca di capelli, digito il numero dell'amministratrice condominiale del posto dove vivo. Magari sto facendo la stronza, ma penso davvero che sia opportuno fare un controllo su quella gente.

"Pronto, parla Cherise."

"Ciao Cherise, sono Amber Drake. Appartamento 4F, hai presente?"

"Ma certo! Ciao Amber."

"Senti, ho dei dubbi sui tizi del 4G. Che mi dici?"

Una pausa. "Come scusa?"

"Ho incontrato i ragazzi del 4G. Mi sono sembrati davvero rozzi. Mi sento un po' nervosa ad averli come vicini. Hai mai avuto lamentele su di loro o cose del genere?"

Cherise ride fragorosamente. "No, direi proprio di no."

"Quindi non sono festaioli o roba così? Niente musica alta o un sacco di motociclette all'ingresso?"

"Hai un reclamo specifico?" La voce di Cherise si fa fredda.

Ok, allora forse sto davvero facendo la stronza sospettosa. "No, niente di specifico. Volevo solo essere sicura. Sai, non hanno l'aspetto più onesto del mondo."

"Non giudicherei un libro dalla copertina." Cherise sembra chiaramente irritata adesso.

"Giusto, scusa. Ho solo pensato fosse bene controllare. Mi hai tolto un pensiero dalla testa. Grazie."

Cherise riaggancia senza salutare. Ops. Qualcuno si è incazzato. Ma sono una donna single che cerca di badare a se stessa. Dovrebbe capire.

Forse sono stata troppo veloce a giudicare.

Mi massaggio le tempie. La testa mi pulsa, la tensione si irradia dalla base del cranio come sempre quando sto per entrare in un brutto momento. L'ho sentito arrivare dall'istante in cui ho incontrato quei tizi in ascensore. L'istinto mi dice che c'è qualcosa di strano in loro.

Purtroppo il mio istinto non sbaglia mai.

mi passo il palmo della mano dietro al collo, cercando di concentrarmi sul desiderio che il mal di testa scompaia. La nausea sta già crescendo.

Oggi sarà una giornata di schifo.

~.~

TIMBRO IN ANTICIPO ed esco dal lavoro dopo aver infilato qualche cartella nella mia borsa gigante. Probabilmente farei bene a chiamare Foxfire per farmi portare a casa, perché questo mal di testa mi sta appannando la vista. Ma preferisco gestire i miei problemi da sola. Ho imparato da bambina a non dipendere dagli altri, per evitare delusioni. *Non ho bisogno di nessuno. Posso farcela da sola.* È il mio mantra.

Quindi avanzo lentamente nel traffico, strizzando gli occhi per il dolore. Appena raggiungo l'ascensore, l'emicrania mi colpisce in tutta la sua forza. La vista si fa fissa. Il pesante borsone cade e sbatte a terra. Mi appoggio alla parete e cerco il pulsante del mio piano a tentoni.

"Stai bene?"

Quella voce. Anche se totalmente fuori di me per il dolore, riconoscerei ovunque quel timbro profondo e risonante. Dio, non sono nelle condizioni di parlarci adesso. Per niente.

Sento il dolore acuirsi nel girare la testa a guardarlo, nel concentrarmi sul suo volto.

Garrett si china verso di me, mi scruta. Gli si legge la preoccupazione in volto. "Amber?"

Barcollo e tutto diventa nero.

Quando le mie palpebre sbattono ripetutamente e gli occhi si riaprono, la stanza sta ruotando. No, aspetta. Sono in ascensore. Con Garrett. E sono tra le sue braccia con la testa penzolante contro la sua spalla.

Lui mi guarda, una piccola ruga tra le sopracciglia. "Sei tornata da me? Ti ho persa per un secondo. Stai male?"

Scuoto la testa. Pessima mossa. Chiudo gli occhi e sbuffo: "Emicrania."

"Capito." Il suo petto vibra sotto al mio orecchio.

L'ascensore fa *ding* e Garrett mi porta in corridoio, camminando come se pesassi meno di un cuscino di piume.

"La borsa," bofonchio.

"Ce l'ho io."

Automaticamente mi rilasso tra le sue braccia, respirando profondamente e inalando il suo profumo mascolino. La sua mascella con la barba di qualche giorno sfiora la mia guancia. Solo stare a contatto con lui attenua la tempesta di dolore che prima imperversava nella mia testa.

Quando arriviamo alla mia porta, mi sento quasi tornata in forma. "Grazie signor, ah… Garrett. Ora puoi mettermi giù."

Lui aggrotta la fronte guardando la porta, sempre tenendomi tra le braccia, come se non avesse alcuna fretta di mettermi a terra. Per la prima volta in vita mia, tutti i rumori del mondo, tutte le distrazioni che mi sforzo continuamente di eliminare, sono scomparse, lasciando solo Garrett e me. La mia mano è posata su uno dei suoi bicipiti di granito. Sento la forza delle sue braccia, il suo potere controllato.

Fisso anche io la mia porta, come a desiderare che si apra da sola.

Lui mi adagia a terra e mi tiene un braccio attorno alla vita mentre io rovisto in borsa alla ricerca delle chiavi. Quando le trovo, le punto verso la porta, sperando di aver preso quella giusta. Sono ancora tremolante, il corpo indebolito per l'intero pomeriggio passato a lottare contro la mia emicrania.

La grande mano di Garrett si chiude sopra alla mia, guidando la chiave nella serratura e girandola. Spinge il battente e me lo tiene aperto.

Comportamento piuttosto da gentiluomo per uno che assomiglia a un malvivente.

Con mio sgomento – o forse piacere – lui mi risolleva tra le sue braccia e mi porta dentro.

"Grazie," gli dico, sperando che mi metta giù nel piccolo salotto. La fortuna non mi assiste.

Mi porta dritta in camera da letto. Io mi tengo a lui e

penso che avrei dovuto infilare la biancheria sporca nella cesta questa mattina, dopo averla sparpagliata dappertutto alla ricerca di un reggiseno. Almeno il reggiseno in questione è nascosto al sicuro sotto ai vestiti.

Le mutandine però sono esattamente in mezzo al pavimento.

Chi si ricorda più il mal di testa. Ora ho caldo dappertutto per il rossore che mi ha fatto avvampare il viso. Garrett in camera mia? Devo ammettere che mi era passato per la mente. Ma non avrei mai creduto che sarebbe successo davvero.

Nelle fantasie la camera era molto più pulita.

Garrett mi posa sul letto e si china su di me. Prima che possa dire una sola parola, mi sfila le scarpe a stiletto. "Prendi qualcosa? Ibuprofene?"

Inizio a scuotere la testa. *Ahi.* Cattiva idea. Il rumore mi sferza le orecchie. È tornato appena Garrett mi ha messo giù. "No, niente aiuta quanto il sonno." La nausea rende ogni parola un'impresa.

Garrett mi tocca, posandomi il grosso palmo sulla fronte. L'agonia arretra un'altra volta. "Cosa posso portarti? Un bicchiere d'acqua? Un panno umido?"

Le lacrime mi pizzicano gli occhi, ma non per il dolore. Non ho mai e poi mai avuto qualcuno che si prendesse cura di me. "Sì, grazie," sussurro.

Lui toglie la mano e io ne sento subito la mancanza. "Ok, torno subito."

Mi rannicchio sul letto, ascoltando le pulsazioni. Sento un formicolio sulla pelle quando Garrett si china ancora su di me. Avverto il contatto di un panno bagnato sulla fronte. *Il paradiso.*

Il rumore sordo del bicchiere d'acqua posato sul comodino.

"Ti serve altro?" Le sue sopracciglia sono distese mentre il suo volto si avvicina di più al mio.

Chi sei e cos'hai fatto a Garrett il Bandito? vorrei chiedere. *E cos'ho fatto io per meritarmi questa gentilezza?* Conosco la risposta a questa domanda: niente di niente.

"Grazie," dico con voce roca. *Scusa se ti ho giudicato.*

"Vuoi che me ne vada o che resti qui?"

Resta. Oh Dio, ti prego, resta. "Sono a posto. Puoi andare."

Si alza in piedi.

"Grazie ancora."

Mi tocca la spalla. "Mi trovi alla porta accanto se hai bisogno di qualcosa. Ho un udito eccellente, quindi basta che lanci un grido se stai per svenire di nuovo."

"Perché sei così gentile con me?"

Il suo volto rude si illumina di un sorriso. In qualche modo va a sciogliere tutte le difese che ho sempre eretto contro gli uomini in generale, e contro di lui nello specifico. "Avevo intenzione di darti la caccia e dirtene quattro. Cherise mi ha raccontato le cose orribili che hai detto sul mio conto."

Oh Dio.

Le pulsazioni alla testa si fanno più intense, come se mi avesse infilato nelle tempie un punteruolo da ghiaccio. *Mi ammazza con gentilezza.* "Scusa…"

"No, non ti preoccupare. Fai riposare la testa. Ti castigherò in un altro momento." Mi fa l'occhiolino. Un occhiolino che potrebbe far mettere ogni ragazza in ginocchio.

Non me, ovviamente. Ma ne colgo il fascino. Aspetta, ha appena detto *ti castigherò?* Il mio corpo ci mette qualche secondo a registrare la minaccia, ma quando lo fa l'eccitazione divampa tra le gambe, una ben accetta distrazione dalla testa dolorante. Mi chiedo vagamente se la masturbazione possa far passare l'emicrania. Probabilmente sono davvero andata.

"Sicura che è tutto a posto?" mi chiede, e il mio cuore si scioglie ancora un po'. Le sue dita mi accarezzano i capelli e con tocco di farfalla mi scosta qualche ciocca dal viso.

In quel momento, una visione mi occupa di colpo la testa. Il volto di Garrett cambia, si allunga assumendo una forma canina. Un lupo mi fissa, dei segni bianchi attorno agli occhi d'argento.

"Amber?" L'immagine del lupo si dissolve, riproponendo il bel viso di Garrett. Gli occhi hanno la stessa forma di quelli del lupo. La sua mano si posa ancora sulla mia testa, dandomi stabilità.

"Sto bene. Davvero. Puoi andare, grazie." La delusione mi pervade, ma non posso rischiare che lui sia presente durante le allucinazioni. Voglio essere Amber la Vicina, carina e normale. Non Amber la Pazza, che mormora cose strane mentre ha i suoi mal di testa.

La cosa che non capisco è perché mi sento perfettamente a mio agio in presenza di Garrett, come se questo fosse finalmente il mio posto.

Sussulto quando allontana la mano. Pochi secondi dopo, sento chiudere la porta della mia stanza e ignoro l'ondata di agonia e delusione, ricacciando in gola le parole che vorrebbero richiamarlo indietro.

~.~

Garrett

.   .   .

Entro nel mio appartamento e chiudo la porta con delicatezza, come se il rumore potesse disturbare la mia vicina sofferente.

Non mi sono mai considerato tipo capace di prendersi cura degli altri. Io sono un alfa. Io ringhio. Io domino. Io ordino. Ma santo cielo, la vista della mia vicina così in pena mi ha quasi ammazzato.

Ho sentito dire che l'odore delle lacrime della compagna possono mettere in ginocchio un lupo. Portare a zero il suo livello di aggressività, a meno che non gli sia richiesto di difenderla. Giuro che vedere Amber in quella situazione precaria mi ha fatto davvero questo effetto.

Il mio lupo si è dato una calmata pazzesca, reprimendo il mio irrefrenabile interesse sessuale nei suoi confronti e sostituendolo con il bisogno di placare ed eliminare ogni minimo segno di dolore dal suo volto. Giuro di averle visto in faccia una vita di traumi patiti, oggi. Non c'è da stupirsi che sia così schiva. Ho la sensazione che abbia visto e vissuto cose che mai dovrebbero capitare a una donna così dolce.

Non mi è piaciuto per niente dovermene andare, ma cosa potevo fare? Piantare le tende in casa sua quando mi aveva chiesto esplicitamente di uscire? Già la rendo nervosa così.

E devo mettere un freno all'interesse per questa donna, comunque. È un'*umana*. Vale a dire non adatta a me, a meno che non voglia farmi una scopata.

Oh cielo. La voglio davvero fare, una scopata.

Il mio lupo ringhia. Lui vuole di più. Molto di più.

Giù, amico. È fuori discussione.

mber

"GUARDA CHE BEI COLORI," grida Foxfire sopra al rumore della band. Ruota lentamente sullo sgabello girevole prima di aggrapparsi al nostro tavolo, piegandosi in due e scoppiando a ridere. Poi allunga la mano per prendere il mio drink.

"Ehilà, sorellina." Sollevò il mio Cosmo impedendole di prenderlo. Me lo sto bevendo lentamente da quando siamo arrivate qui, in segno di solidarietà per la mia amica addolorata. L'alcool poco dopo un mostruoso mal di testa non è una bella idea.

"Sam, me ne serve un altro!" A quanto pare, pensa di essere passata al tu con il barista.

Incrocio il suo sguardo e scuoto leggermente la testa, quindi lui la ignora. "Penso sia ora di passare all'acqua."

Foxfire mette il broncio e scuote la testa, poi scoppia a ridere di nuovo.

Che sia messo agli atti: *Quando fai bere un'amica perché*

possa dimenticare il suo ex, assicurati che prima abbia mangiato.

"Forse dovremmo uscire a prendere una boccata d'aria," suggerisco.

Foxfire non mi sta ascoltando. Solleva il bicchiere vuoto e ci infila dentro la lingua. Poi lo rimette sul tavolo con un tonfo sordo.

"Che sete," piagnucola.

"Vado a prendere dell'acqua, ma tu devi restare qui, ok?"

Salto giù dallo sgabello e mi dirigo dalla parte opposta del bancone, dove posso parlare privatamente con Sam il barista per dirgli di non servirle altro questa sera. Porto con me il Cosmo. Foxfire ruota lentamente sulla sedia con espressione ubriaca e svagata in viso. Tra noi due, lei è decisamente quella selvaggia e divertente, ma non l'ho mai vista così prima d'ora. Forse ha preso qualcosa quando è andata in bagno. Sarei andata con lei, ma a così poca distanza da un brutto mal di testa non mi piace stare in luoghi stretti con troppa gente attorno. E quel posto è affollatissimo.

Cosa pensavo di fare venendo qui? Piegando le spalle in avanti mi faccio strada in mezzo alla gente ammassata attorno al bancone, cercando di non apparire un bersaglio. Troppo rumore, troppe persone. Se vengo a contatto con troppa gente, finirò con l'avere una visione.

Che sia messo agli atti: *La prossima serata tra ragazze sarà a base di Netflix e relax.*

Si alza un grido e mi giro di scatto. Una ragazza sta dando spettacolo nella pista da ballo. Alcuni addetti alla sicurezza, grossi e nerboruti come i miei rozzi vicini, convergono verso la scena. Altre grida e uno dei buttafuori afferra l'ubriacona belligerante.

Merda, è Foxfire. I suoi capelli multicolore volano in tutte le direzioni.

"Scusate, scusate." Torno indietro in mezzo alla folla di persone. Non ho tempo di concentrarmi per non toccarle. I loro sentimenti e i loro pensieri mi travolgono come i colori di uno spettacolo pirotecnico. Arrivo al fianco di Foxfire, barcollando come se fossi ubriaca pure io. Il buttafuori mi lancia un'occhiata e ruota un pollice per indicare la porta.

"Sta bene?" Raddrizzo la schiena, proiettando meglio che posso le mie vibrazioni da *Sono sobria e responsabile*. "L'ho lasciata da sola un momento soltanto."

"Signorina…"

"Voglio solo ballare!" grida Foxfire, agitando le braccia.

"Ok." Un buttafuori grosso come Terminator ci indirizza verso il retro. "È ora di andare."

"La prendo io. La porto fuori di qui." Gli passo accanto allungano le braccia verso la mia amica. Arrivo a malapena all'altezza dei suoi bicipiti. "Solo che ho la macchina davanti e tu ci stai accompagnando verso il retro…"

Faccio un salto indietro mentre Foxfire si piega a metà e inizia ad avere dei conati di vomito.

"Ve ne dovete andare," dice l'uomo senza la minima espressione in volto. Mi ricorda davvero Terminator, mentre incombe così su di me. "Tutte e due."

"Ok, ok, ce ne stavamo proprio andando. Ma ho la macchina parcheggiata davanti."

"Non mi interessa. Uscirete dal retro. Subito. Muovetevi."

Foxfire si piega ancora in due e un secondo buttafuori le afferra un braccio e la trascina avanti. "Non qua dentro," dice con tono secco, reso ancora più minaccioso dal labbro con il doppio piercing. Mi ricorda i miei vicini malviventi. Cos'hanno questi tizi che vogliono riempirsi la faccia di metallo?

"Ehi!" Corro accanto a loro. "Devi rallentare. È evidente che non si sente bene."

Il buttafuori con l'aspetto da malvivente si limita a tirarla avanti, trascinandola quando inciampa.

"Basta!" grido. "Le farai male. Non pensi che portarle un bicchiere d'acqua o aiutarla ad arrivare al bagno sarebbe un po' più sensato?"

Spinge Foxfire sul patio giusto in tempo perché lei si pieghi nuovamente in avanti e vomiti in un vaso di fiori. "Fuori," dice l'uomo con voce tonante, indicando la porta che conduce al parcheggio.

"Aspetta tre minuti." Mi tuffo accanto a Foxfire per tenerle indietro i capelli. "Stai indietro o chiamo la polizia."

"Siete espulse dal locale. Dovete uscire…"

"Basta." Un ordine riverbera nell'aria. Un enorme uomo dai capelli biondi si alza da una delle sedie sul patio.

Mi volto a guardare meglio. "Garrett?"

Due passi e il mio bellissimo nuovo vicino è al mio fianco e guarda Faccia di Metallo dall'alto in basso.

"Lasciala stare."

"Ma lei…"

"Basta." Garrett ha proprio una bella autorità. Il tipo si zittisce all'istante. "Vai a lavorare."

Le mani di Terminator si stringono sulle spalle del secondo buttafuori e lo tirano nuovamente dentro al locale.

"Nient'altro, capo?" borbotta Terminator. "Ti serve aiuto qua fuori?"

"No, tornate dentro. Me ne occupo io."

Aiuto Foxfire a sedersi su una sedia, andando a caccia delle salviettine umidificate che ficco sempre nella borsa.

"Sta bene?" chiede Garrett.

"Le passerà."

Una cameriera viene fuori di corsa con un vassoio di bicchieri d'acqua. "Garrett? Tank ha detto che ti servivano questi."

"Grazie, Stacy. Assicurati che nessuno venga qua fuori, ok? E porta dei tovagliolini."

"Certo capo."

"Brava," mormora Garrett con tono assente. I suoi occhi sono su di me.

La cameriera arrossisce e si lecca le grosse labbra lucide. E io provo uno slancio di odio.

"Lavori qui?" gli chiedo non appena lei se n'è andata.

"Questo posto è mio." Si appoggia al muro, le braccia incrociate, i muscoli tesi sotto alla maglietta nera. Stessi jeans, stessi scarponi da motociclista.

Deglutisco. "Non mi ero resa conto."

"Lo so." Stesso sorrisino. Sta giocando con me. Il proprietario dell'Eclipse possiede anche mezzi edifici del centro, incluso quello in cui si trova il mio appartamento.

Il mio vicino è un imprenditore, non un malvivente.

"Pensavo…" Mi interrompo. Non posso dirgli che si veste come un derelitto.

La testa tra le mani, Foxfire geme.

"Uhm, mi spiace per questa storia." Mi alzo in piedi, agitando le mani come se potessi far svanire il problema. "In genere non facciamo festa così di brutto."

"Un drink significa fare festa di brutto?"

Sbatto le palpebre. "Mi stavi guardando?"

Fa di *sì* con la testa.

"Dovresti davvero parlare con i tuoi baristi. Potresti essere ritenuto responsabile di servizio eccessivo di alcolici…"

"Amber." Con una parola mi ferma. Garrett mi si avvicina e il calore del suo corpo mi assale. Invece di sentirmi intimidita, mi rilasso. Mi sento al *sicuro*. "Ti senti bene? L'ultima volta che ti ho vista, tu…"

"Sto bene." Mi giro come per andarmene, fingendo di non

essere colpita, anche se ogni parte di me vibra, consapevole. Viva.

"Ne sei sicura?" La sua voce è come una bassa vibrazione e mi fa scorrere un brivido sulla pelle.

"Sono sicura," sussurro. Dopotutto, cosa penso di dirgli? *Mi hai toccato e ho avuto le visioni, ma il dolore è passato.*

"Ecco delle salviette," cinguetta la cameriera. Le sue labbra sembrano ancora più lucide di prima. Posa lo sguardo su me e Garrett così vicini e sembra delusa.

Senza pensare, mi avvicino a Garrett tanto da sfiorarlo con la spalla, come se lui fosse mio e io avessi il diritto di stare tra le sue braccia.

Una risatina risuona sopra di me. Inclino la testa, pronta a incontrare il suo sorrisino, e in quel momento, così dal niente, l'allucinazione mi assale.

La vista si offusca. Le immagini mi scorrono davanti agli occhi, troppo veloci per poterle distinguere. Un film in rapido avanzamento.

Sono di nuovo nell'ascensore, con Garrett e i suoi due amici. Questa volta, corro fuori verso il parcheggio del condominio. Loro mi seguono, si mettono a quattro zampe e si trasformano in lupi sotto il grande occhio luminoso della luna piena.

"Amber?"

Mi riscuoto e torno in me. Sono tra le braccia di Garrett e mi tengo alla sua maglietta. In tutto il corpo sento brividi di freddo alternati a vampate di caldo.

"Lupo mannaro," sussurro, fissando il suo volto affascinante che, solo pochi secondi prima, era un lupo.

Garrett ha uno scatto e quasi mi lascia cadere. Aggrotta la fronte. "Cos'hai appena detto?" C'è un netto tono di minaccia nella sua voce e i campanelli d'allarme mi risuonano dentro.

È vero. È un lupo mannaro. E non sembra felice che io lo sappia.

"Niente." Mi scosto. Dietro di lui, le nuvole si aprono. La luna è piena. Devo uscire di qui. Velocemente.

"Foxfire, andiamo." Mi infilo il braccio della mia amica attorno alle spalle e mi alzo con lei, ignorandone i gemiti.

"Amber, fermati," mi ordina Garrett, ma io non gli do retta.

Io e Foxfire arriviamo alla macchina e per quando l'ho sistemata sul sedile posteriore e le ho allacciato la cintura, il cuore ha ripreso a battere normalmente. La mente però corre ancora la maratona. Cos'ho appena visto? Possibile che sia reale? No. È ridicolo. È stata un'allucinazione. Niente di reale.

"I lupi mannari non esistono," mormoro.

"Amber."

Faccio un salto e lancio un grido.

Garrett è in piedi accanto a me, un'enorme minaccia silenziosa nell'ombra. "Dobbiamo parlare."

Ho la pelle d'oca su tutto il corpo. In risposta, corro dal lato di guida, monto in macchina e sbatto la portiera. Facendo fischiare le gomme parto. Non importa chi sia Garrett o quanti immobili possieda o se sia vero che si trasforma in un qualcosa di peloso e a quattro zampe ogni volta che c'è la luna piena.

I lupi mannari potranno anche non esistere, ma la visione me l'ha mostrato chiaramente. Garrett è una minaccia.

~.~

Garrett

MENTRE LA PICCOLA berlina di Amber se la squaglia dal parcheggio, passo la lingua su uno dei canini per assicurarmi che siano ancora di dimensione umana. La signorina Perfettina mi è quasi svenuta tra le braccia – di nuovo – poi mi ha fissato i denti, con gli occhi che riflettevano la luna.

I lupi mannari non esistono.

"Merda," mormoro. I miei denti non sono cambiati. Il mio aspetto è lo stesso: nessun segno dell'imminente mutazione. Ero uscito sul patio per prendere un po' d'aria e lasciare spazio al mio lupo, ma non stavo mica ululando. *Lupo mannaro*, ha detto. Come ha fatto a indovinare?

"Va tutto bene, capo?" Tank viene verso di me nel parcheggio.

Raddrizzo la schiena e ricaccio giù il mio lupo. "Sto andando a casa. È ok se chiudi tu?"

"Certo. Chi era quella?" Indica con un cenno del mento la direzione presa dall'auto di Amber. "La conosci?"

"È un avvocato. È castigatissima. Ed è anche la mia vicina di casa."

"Umana?"

"Lo sai benissimo," dico con tono brusco. Tank è uno dei pochi lupi più grandi che mi ha seguito dal branco di mio padre. Il suo lupo è grosso e dominante, anche se non più dominante del mio. Ho il sospetto che sia stato mio padre a inviarlo per tenermi d'occhio, anche se è comunque molto probabile che – in quanto convinto scapolo – preferisca il mio branco a uno costituito per lo più da coppie. Tranquillo, forte, leale: è un bell'appoggio. Uno di questi giorni lo insignirò ufficialmente del titolo di mio vice. Non appena mi sarò assicurato per certo che non sta facendo la spia per conto di mio padre.

"Trey e Jared mi hanno accennato a una biondina vostra vicina di casa. Pensano che tu abbia un debole per lei. Dicono che dopo hanno sentito il suo odore su di te." Lo dice come se fossero casuali pettegolezzi, ma percepisco la nota di rimprovero e la cosa mi fa incazzare.

"Hai paura che mi fotta una non-mutante?" I mutanti in genere non si accoppiano con gli umani, ma questo non significa che un lupo non possa spassarsela un po'. Non c'è nessuna legge che lo vieti, anche se i branchi più tradizionali – come quello di mio padre – non vedono la cosa di buon occhio. Io non ho problemi al riguardo. Il che probabilmente è il motivo per cui tanti lupi single mi hanno seguito quando me ne sono andato per dare vita a un mio branco.

"Hanno detto che l'hai dichiarata tua." Sì. Il rimprovero nella voce di Tank è reale.

Lo guardo e faccio scricchiolare le nocche. "Ho detto loro di stare alla larga. Non significa che l'abbia fatta diventare la mia compagna. Hai qualche problema al riguardo?"

"Frequentare un'umana è una questione complicata. Scoparsele va bene, ma una vera relazione… Diventa subito un problema. Non possono venire a sapere di noi. La regola è…"

"Le conosco le vecchie regole. Ti sei dimenticato chi è mio padre?" Odio invocare l'autorità di mio padre, ma Tank è uno all'antica. Alcuni dicono che non controllerei il mio branco se non avessi mio padre a coprirmi le spalle. Non è vero. Non gli ho mai chiesto di appoggiarmi in niente, ma immagino che la minaccia ci sia.

"No." Tank abbassa gli occhi. "Non intendo mancarti di rispetto. Proteggo il branco."

Sentendo riconosciuta la sua autorità, il mio lupo fa un

passo indietro. Do una pacca sulla schiena di Tank. La differenza tra me e mio padre è che io so quando fare il cazzone e quando essere un amico.

"E lo faccio anche io. Non metterei mai a rischio la sicurezza dei miei lupi per un'umana. Questa è sotto la mia protezione, ma niente di più. Il mio lupo ha una simpatia per lei." Cazzo, questo sembra ancora più sospetto. Il mio lupo non dovrebbe avere nessun interesse a gironzolare attorno a un'umana. I mutanti si accoppiano con altri mutanti. Fine della storia.

Faccio scricchiolare le nocche ancora una volta, massaggiandomi i tatuaggi. La luna piena mi rende irrequieto. Non sono un novellino che si deve tramutare, ma il desiderio è palpabile.

"Esco. Di' a Trey e Jared di non fare festini post-lavorativi, o dovranno lavare i piatti per un mese."

"Va bene, capo." Tank inclina la testa e mostra il collo in leggero segno di deferenza. Non discute, né sottolinea quanto sia claudicante la mia spiegazione sull'identità di Amber e su cosa la ragazza signifìchi per me. I branchi di lupi non sono democrazie. La mia parola è la legge. Ragione in più per fare lo stronzo come mio padre.

Ma Tank ha fatto bene a mettermi in guardia. Conosciamo tutti le regole. Coloro che non appartengono alla nostra specie non possono sapere di noi. In passato, c'era solo un modo per gestire gli umani che scoprivano il segreto dei mutanti.

Se Amber sa quello che penso che sappia, potrebbe essere necessario ucciderla.

~.~

UNA LUNGA CORSA tortuosa non fa nulla per calmare il mio lupo. Mi ritrovo presto a camminare a grandi passi lungo il corridoio del mio condominio, diretto alla porta di Amber.

Il telefono vibra e lo tiro fuori. C'è un messaggio di mia sorella con un sacco di faccine felici ed emoji di palme. *Arrivati a San Carlos. Baci.*

Scuoto la testa, reprimo un sorriso e mi riconcentro sulla questione del momento.

Un'esterna al gruppo conosce il nostro segreto. Il mio lupo non la considera un'esterna, però. La vuole proteggere tanto quanto io voglio proteggere mia sorella.

Chinandomi verso la porta, sento un fremito sottopelle quando inalo l'odore di Amber. All'interno si sente il volume sommesso di una TV e i rumori di lei che si sposta per l'appartamento. Amber deve aver portato a casa la sua amica per poi tornare qui. Non ci sono odori di altre persone.

Busso alla porta. Cala il silenzio.

"Amber."

Altro silenzio.

"So che sei là dentro. Sono Garrett. Ti devo parlare."

Il suo odore si fa più intenso. Sento un leggero fruscio subito dietro la porta. Mi rendo conto di avere la mano stretta attorno al pomello e la ritiro subito. Non c'è bisogno che spacchi qualcos'altro questo mese.

"Apri." Abbasso la voce. Lei è proprio lì, dall'altra parte.

Non risponde.

Ripeto l'ordine con maggiore autorità. "Amber, apri la porta."

"Sono impegnata."

"Aprila. *Adesso.*"

"Vattene. O chiamo la polizia."

"No." Premo il palmo della mano sulla porta, come se potessi sentirla attraverso il legno. "Se chiami la polizia mi fai davvero incazzare, e credimi, ragazzina, non ti piacerebbe vedermi incazzato." *Verità*: io non voglio che mi veda incazzato. "Ora apri la porta."

"Vai al diavolo. Non ho paura di te."

Gli angoli della mia bocca si piegano all'insù, nonostante la serietà della situazione. Adoro il suo coraggio. È così fottutamente graziosa. "Giusto. Quindi, se non hai paura, *apri la porta*." Non sentendo risposta, chiudo la mano a pugno. "Aprila o la butto giù, Amber."

"Adesso chiamo la polizia."

"*Niente polizia*. La porta. Adesso." Non sono abituato alla disubbidienza, di lupi o umani che siano. Di solito, quando mostro la mia autorità, tutti scattano sull'attenti.

Lei si allontana. Sta andando a chiamare la polizia?

Cazzo. Sono così abituato al fatto che la gente esegua i miei ordini, che non ho pensato che potesse davvero dare seguito alla minaccia. Porto l'orecchio verso la porta, ma non la sento parlare. Invece… *dannazione.* Quello è il rumore della porta del suo balcone che si apre. Dove sta andando?

L'immagine di lei che tenta un folle e pericoloso salto sul balcone del vicino per scappare mi getta in totale modalità protettiva da mutante. Le mie zanne scendono per difenderla dall'invisibile nemico della gravità. Corro nel mio appartamento e vado subito sul balcone.

Cazzo, cazzo, cazzo!

La piccola umana ha scavalcato il parapetto e sta avanzando, un passetto alla volta, verso la scala antincendio.

Mando giù il grido che mi è salito in gola, per non spaventarla. Ovviamente è già terrorizzata, se pensa che saltare dal balcone sia meglio che affrontare me. Ma sì, immagino che scoprire che il tuo vicino è un lupo mannaro spaventerebbe a morte qualsiasi umano.

Scatto verso la scala interna e scendo saltando da un pianerottolo all'altro, senza neanche toccare i gradini. Al piano terra, spingo la porta e corro verso il retro dell'edificio. L'adrenalina mi pulsa nelle vene, portandomi a una parziale mutazione. Sento la pelle vibrare, ma poi faccio un respiro profondo e mi controllo. La vista notturna si fa più accentuata.

Eccola. Amber, ancora con la gonnellina e la camicetta che indossava al club, i capelli raccolti nella solita crocchia. Sta scendendo i pioli metallici della scala antincendio, scalza. Un piede scivola leggermente e lei grida, tenendosi stretta con le mani. Sta venendo giù troppo veloce.

Accorro proprio quando mette ancora male il piede e scivola. Con un piccolo grido, cade di circa un piano e mezzo, finendo dritta tra le mie braccia. La prendo senza difficoltà, ma ammorbidisco il corpo per attutirle l'atterraggio, e lascio che l'impatto del suo peso mi faccia cadere a terra. Uno sbuffo mi sfugge dalle labbra quando colpisco il cemento. Per un secondo resto sdraiato lì, l'uccello che mi diventa duro alla sensazione di lei tra le mie braccia.

Amber sta respirando, il cuore che batte all'impazzata. Il suo odore, agrumi dolci e spezie, mi fa girare la testa. Le poso una mano sulla schiena, incoraggiandola a stare ferma, i suoi seni premuti contro il mio petto. Magari capirà che non c'è niente di cui preoccuparsi e si rilasserà su di me.

Non sono così fortunato. Si spinge indietro, tirandosi su e trovandosi a cavalcioni del mio busto. Mi fissa dall'alto in basso.

Oh tesoro. Non è una buona idea.

Il mio cazzo pensa che sia un'idea grandiosa. Preme contro i jeans, desideroso di maggiore contatto. "È stata una mossa cretina."

Lei si mette in piedi frettolosamente, ma la prendo alzandomi a mia volta e gettandomela in spalla. Sono già diretto verso la scala quando lei inizia a ribellarsi.

"Mettimi giù, Garrett. Sennò grido."

Interessante che non l'abbia già fatto. Come non ha chiamato la polizia. Magari è più obbediente di quanto pensassi.

A ogni modo ora ho conquistato una posizione di vantaggio, e intendo mantenerla.

Me la sistemo meglio sulla spalla, interrompendo le sue proteste. Le do una sberla sul sedere: pessimo errore. Deve essere il culo più carino che abbia mai visto, e ora che l'ho colpito una volta sto morendo dalla voglia di sentirlo meglio. Voglio strizzarlo, accarezzarlo, sculacciarlo di nuovo.

Lei inspira sonoramente. Sento l'odore di eccitazione femminile.

Oh tesoro, ci siamo.

La porto dentro passando per la porta sul retro, facendo i gradini due alla volta. Passo oltre il suo appartamento e infilo la chiave nella mia serratura, aprendo la porta con una spinta del piede.

Mentre la porto dentro, lei ricomincia a ribellarsi. Chiudo la porta e vado fino al divano, dove mi lascio cadere, sistemandola sulle mie ginocchia. Ora che l'idea mi è entrata in mente, non posso lasciar perdere.

"Mai e poi mai scappare da un lupo." Assesto tre forti manate sul suo bel sedere sodo. Come faccio a trattenermi dal palparlo dopo aver finito, non lo so.

"Ahi!" si lamenta scalciando. "Finiscila!"

Il suo dimenarsi non fa che eccitarmi ancora di più. Non posso resistere e le do altre tre sculacciate ben assestate. L'odore della sua eccitazione riempie la stanza. Il bisogno di scopare mi colpisce così forte che mi devo fermare, il palmo premuto contro il suo culo. E lei aspetta, in silenzio, piegata sulle mie ginocchia da brava ragazza sottomessa.

Ti ho in pugno, principessa.

Le tiro su la gonna e quasi mi sfugge un gemito quando vedo le sue mutandine. Fottuto raso rosa. Con dei fiocchetti neri alla base di ogni natica. Le sue curve sotto alla stoffa sono arrossate dalle mie manate. Il mio lupo ulula soddisfatto. "Oh, che meraviglia, piccola," mormoro.

Lei ricomincia a dimenarsi, quindi riprendo a sculacciarla, colpendo il suo culo rivestito dalle mutandine con schiaffi lenti e ponderati.

"Non devi mai scappare da un lupo, perché questo scatena il nostro istinto della caccia. Ti assicuro che non saresti contenta di essere catturata dall'animale, piccola. Non potrebbe mai piacere, a una piccola umana delicata come te."

Lei si lascia andare a un gemito lascivo e ruota le anche avanti e indietro mentre io schiaffeggio il suo bel culetto. Il suo fianco sfrega contro il mio sesso voglioso, torturandomi con ogni singolo movimento.

Le tiro su le mutandine, facendole passare in mezzo alle natiche, scoprendo di più quel suo bel culo. Le natiche sono già arrossate per la punizione che le ho somministrato, ma ora che ho iniziato non me la sento proprio di fermarmi. Non quando dominarla è così bello. Non quando lei lo adora, anche se lo odia. Lo capisco perché il dolce nettare della sua eccitazione pervade la stanza, facendo impazzire il mio lupo di desiderio.

Sculaccio le sue natiche nude e il rumore dà ritmo ai suoi vocalizzi: graziosissimi gridolini e sbuffi.

Solo quando sento un grido che sembra assomigliare un po' troppo a un singhiozzo mi fermo.

Merda.

Sono andato troppo oltre? I lupi sono creature fisiche. Siamo veloci nel generare conseguenze, generalmente fisiche.

Le femmine vengono sculacciate dai loro compagni. Ma lei non è una di noi.

Le massaggio le natiche arrossate, la sollevo e la faccio sedere nel mio grembo. Le sue curve si adattano alla perfezione al mio corpo. "E fa' in modo che non ti becchi più a mettere a repentaglio la tua vita a quel modo. Mi hai fatto prendere un colpo."

"*Io* ho spaventato *te*?"

Ha la gonnellina tirata su sui fianchi e i miei occhi non vedono altro che cosce nude e mutandine. Il mio uccello brama e io caccio indietro il ringhio che mi sta salendo dalla gola.

"Lasciami andare." Si dimena come a volersi alzare in piedi, ma quando stringo le braccia attorno a lei, l'eccitazione fiorisce nel suo odore.

La mia brava ragazza ama essere controllata e dominata.

Non sono mai stato con un'umana a cui piace il gioco duro. Andare a letto con le umane è concesso, sempre che non ci lasciamo sfuggire chi siamo veramente. Ma in genere le umane non mi interessano. Troppo deboli, troppo delicate.

Questa diavoletta però no. Se non la smette di opporsi a me, la pianto con la faccia a terra e la prendo da dietro fino a farla urlare per un motivo diverso. Un motivo decisamente migliore.

Ma ho come la sensazione che scoparla non mi aiuterebbe a levarmela dalla testa. Chiunque sia questa femmina, significa qualcosa di più per il mio lupo.

"Sai qual è il mio lavoro?" mi dice a denti stretti, sempre dimenandosi. "Sono un avvocato, e ti denuncerò di brutto…"

"Non mi denuncerai," dico con voce biascicante.

"Andrò dalla polizia e richiederò un'ingiunzione restrittiva…"

~.~

Amber

"Shh," mi dice con tono calmante il mio vicino. Il mio vicino *lupo mannaro*. Fa scorrere una mano sulla mia coscia nuda. Mi fermo. Parte di me vorrebbe cavargli gli occhi, ma l'altra parte trattiene il fiato, fremendo sotto alle sue carezze, desiderosa di vedere quale sarà la sua prossima mossa.

"Non chiamerai la polizia e non sporgerai denuncia." Ne è certo in maniera quasi fastidiosa.

Sento il sedere che brucia, pervaso da un formicolio per le sculacciate che mi ha dato, ma in mezzo alle gambe sono fradicia. Che cavolo di problemi ho?

"Non metterti a fare a braccio di ferro con me, perché non vinceresti."

"È una minaccia?"

Lui ride, la mano che scivola attorno alla curva del mio ginocchio, risalendo verso la parte interna della coscia. "No. È un dato di fatto."

Il suo braccio si aggancia attorno alla mia vita, tirandomi a lui mentre sto a cavalcioni delle sue ginocchia. La sua grossa coscia muscolosa preme contro il mio sesso. Mi ci struscio contro ed emetto un leggero soffio d'aria, ma poi mi irrigidisco immediatamente.

"Sei così..." Mi sta divorando con gli occhi e il suo sguardo si sofferma sul mio decolté. Al diavolo questo reggiseno. "Carina."

Ti denuncerò, amico. Molestia sessuale. Infrazione dei diritti dell'inquilino. Una litania di leggi mi sta sfilando in testa, ma le parole che gli escono poi dalla bocca fanno dileguare ogni mio pensiero.

"E disobbediente." Mi sta massaggiando il sedere, ancora nudo dopo che mi ha tirato su le mutande a quel modo. Le ha tirate su in modo meraviglioso, stimolandomi anche il clitoride. Dondolo il pube contro alla sua coscia, sfregando verso il basso per stuzzicare il mio piccolo bocciolo rigonfio.

Garrett impreca e le sue mani si stringono sulle mie natiche. I suoi occhi sembrano più argentati che azzurri. Mi fa ruotare con la schiena verso di lui come se non pesassi niente. Le mie ginocchia si allargano, sempre a cavalcioni delle sue cosce.

"Hai bisogno di un po' di sollievo, piccola?" La sua voce è densa, quasi un ringhio. Le sue dita vanno dritte e precise nel punto in cui ne ho bisogno, strofinando il mio clitoride attraverso il raso delle mutandine. L'altra mano di Garrett si chiude a coppa su un mio seno. I miei capezzoli spingono contro il reggiseno. Sento pulsare in sincronia seni e clitoride, mentre il suo dito vi disegna attorno dei cerchi. "Mi serve una risposta."

"S-sì." Ansimando, allungo una mano e sposto il bordo delle mutandine per lui.

Garrett geme. "Oh sì, piccola. Proprio così. Offrimi quella bella fighetta."

Le sue dita sono enormi. Strusciano contro la mia fessura, che è bagnata in una maniera imbarazzante. Spingo verso il basso il pube, per andare incontro alle sue carezze, incoraggiandolo ad andare avanti. Lui fa penetrare il dito medio dentro di me.

Sono passati secoli da quando ho fatto sesso l'ultima volta, e sono sicura che si veda, perché ho già quasi un orgasmo nel momento in cui il suo secondo dito mi entra dentro. Non riconosco il suono che mi esce dalla gola.

Garrett aggiunge il secondo dito e mi dilata.

Spingo indietro la testa e la appoggio alla sua spalla, gridando di piacere.

Lui spinge le dita dentro e fuori, premendo la base del palmo contro il mio clitoride fino a farmi quasi piangere dal desiderio. Quando all'improvviso le tira fuori, il mio sesso si stringe attorno al vuoto, voglioso. Lui assesta uno schiaffo netto, proprio in mezzo alle mie gambe. "Disobbediente," mi ringhia nell'orecchio.

Le mie anche scattano verso l'alto.

Mi dà un altro schiaffo lì. Poi una terza volta. Infine, come se sapesse che sto per esplodere, mi infila dentro due dita e mi scopa con forza, senza trattenersi, fornendomi l'intensità e la velocità che mi servono per arrivare al culmine.

Grido e tiro indietro la testa sulla sua spalla, piantandogli le unghie negli avambracci come a voler guidare le sue dita, dondolando le anche, stringendo il mio sesso, piegando le dita dei piedi. Il mio orgasmo prosegue mentre Garrett tiene le sue dita infilate dentro di me e io ci vengo sopra.

Che Dio mi aiuti. Non ho mai perso il controllo a questo modo. Non ho mai permesso a nessuno di darmi così tanto piacere o di vedermi così fuori di testa.

Garrett tira fuori le dita mentre io mi abbasso, il mio corpo che cade floscio contro il suo. Le sue labbra si posano sulla mia spalla mentre mi risistema le mutandine. "Ecco fatto, ragazzina disobbediente," mi mormora all'orecchio, poi mi fa ruotare nuovamente verso di lui.

Mi scosta una ciocca di capelli dal viso. "La mia piccola umana disobbediente." Enfatizza la parola *umana*, guardandomi negli occhi, e tutto mi torna alla mente. È un lupo mannaro, e *sa che lo so*.

Mi irrigidisco. Cosa intende fare?

Ma i lupi mannari non esistono. Devo aver perso la testa. "Non sono pazza," mormoro.

La sua espressione severa si ammorbidisce un poco. "Non ho mai detto che sei pazza."

"Tu sei… non sei…"

Inarca un sopracciglio. "Non sono cosa?"

"I lupi mannari non esistono." Ripeto la mia affermazione di prima, ma il mio sguardo si posa sulle sue nocche tatuate. Le fasi della luna.

Oh Dio. È davvero un lupo mannaro.

Cerco di nuovo di scappare, ma lui mi tiene con facilità, il braccio come una banda d'acciaio attorno ai miei fianchi.

"Ch…" Mi schiarisco la gola. "Che intenzioni hai con me?"

"Non lo so. Prima ho bisogno che rispondi ad alcune domande." Sembra serio adesso.

"Tipo?"

Mi sposta di lato. Prende le mie mani e le ruota, esaminando le mie braccia. "Sei ferita da qualche parte, piccola?"

Respingendo le lacrime, scuoto la testa. Eccolo che si prende di nuovo cura di me.

"Bene." Mi solleva dalle sue ginocchia e mi fa sedere sul tavolino davanti a sé, tenendo entrambe le mie mani nella sua. L'intensità del suo sguardo mi fa arrossire di nuovo. Alla fine mi chiede: "Come hai fatto a saperlo?"

Cerco di tirare le mani per liberarle ma lui mi tiene con forza, e ci mette sopra anche l'altra mano, come a volermi confortare piuttosto che tenermi prigioniera. Tiro con maggiore forza.

"Ehi," dice. "Calmati. Non intendo farti del male, ma ho bisogno che mi rispondi."

"Non c'è nessuna risposta," dico con voce roca. Io non parlo delle mie visioni. Mai. L'ultima volta che l'ho fatto, avevo tredici anni e mi è costato la mia famiglia affidataria. Ho imparato in fretta che alla gente non piace che spifferi i loro segreti. Non so come mai questa volta le cose che so mi siano sfuggite di bocca.

Garrett aspetta paziente, tenendomi senza sforzo. Non dice nulla.

Il mio corpo si affloscia. Capisco che non mi lascerà andare fino a che non gli avrò spiegato tutto. "A volte capita che so le cose e basta," mormoro. "Le vedo come immagini che scorrono velocemente."

"Cosa intendi dire?"

Fisso un buco nei suoi jeans. Come vorrei essere rimasta a casa di Foxfire. Aver mandato una ditta di traslochi a prendere le mie cose, aver trovato il modo di evitare Garrett per il resto della mia vita.

Ma non l'ho fatto. Perché dentro di me, nel profondo, volevo vederlo. Avevo bisogno di sapere se la visione era vera.

"Amber?"

Scrollo le spalle. "Non lo so. Davvero non lo so. A volte vedo cose che vorrei non avere mai visto. Tipo gente morta, o il futuro. Di solito cose brutte, come incidenti e gente che muore." Ricordo di aver chiesto alla mia madre affidataria perché i due edifici a New York avessero preso fuoco e fossero crollati, due mesi prima dell'attacco dell'11 settembre. Quella famiglia mi ha restituita di corsa dopo che la cosa si è avverata. "Non lo faccio apposta. In effetti è una cosa che odio."

"Sei sensitiva."

Tiro con forza una mano liberandola e me la porto al viso. I capelli si sono sciolti dalla crocchia. Probabilmente ho un aspetto da schifo. Amber la Pazza, la sensitiva. Basta solo che mi porti dietro un mazzo di Tarocchi, che indossi gonne lunghe e fluttuanti e che riempia casa di cristalli. Oh, e che bruci incenso. Poi posso appendere fuori un cartello e mettermi a predire il futuro.

Garrett mi sta guardando, immobile e serio. Deglutisco. So che è un lupo mannaro. Probabilmente è una cosa che lui non vuole lasciar trapelare.

La paura di prima torna: questa notte potrei morire. Ma no, se mi avesse voluta morta mi avrebbe lasciato cadere dal balcone. A meno che prima non mi dovesse interrogare.

"L'hai detto alla tua amica?"

Giusto. Ecco cosa gli serviva sapere. "Foxfire? No. Ha perso conoscenza mentre la portavo a casa."

"Intendi dirglielo?"

"No." La mia voce si spezza. "Non se ne parla. Non lo dirò a nessuno. Non ho bisogno che la gente pensi che sono pazza." *Che sappia che sono pazza.*

"Dirai solo quello che voglio sentire?"

"Ti sembro il tipo di donna che farebbe la lecchina solo per farti intenerire?"

Mi sorride. È un sorriso devastante che mi fa strizzare lo stomaco. "Hai detto che sei un avvocato." Posa le sue grandi mani sulle mie ginocchia. Fisso le nocche tatuate, le grosse dita che mi accarezzano. Non avrei mai pensato che le gambe potessero essere così erogene. Sono ancora frastornata dal recente orgasmo, ma non avrei niente in contrario a un secondo round.

"Mi daresti la tua parola?"

Annuisco una volta, poi tante altre volte ripetutamente. È davvero tutto quello che vuole? La promessa che non parlerò?

Mi stringe le ginocchia. "Grazie. Senti, non ti voglio minacciare... ma ai lupi non piace che ci siano umani che sanno."

"Beh, non è che abbia esattamente chiesto di sapere."

Mi rivolge ancora quel sorriso, facendomi sciogliere ancora di più. "Questo lo so, Amber. Voglio solo che tu capisca che io e te avremmo dei grossi problemi se tu parlassi."

"Mi sculaccerai di nuovo?" Cazzo, avrei dovuto parlare con un tono scocciato, non in modo così ansimante e adulante. Come se volessi essere presa ancora a schiaffi sul sedere, piegata sulle sue ginocchia. Oh, aspetta. Lo voglio decisamente.

"Ti è piaciuta la sculacciata, Amber?" La sua voce è roca, profonda e seducente.

"No." Voglio alzarmi in piedi ma lui si sta chinando verso di me, le sue mani ruvide sulle mie cosce, e io dovrei respingerlo. Toccarlo sarebbe pericoloso.

"Io dico di sì." Delle linee sexy compaiono ai lati dei suoi occhi. Sta ridendo di me.

"Se dicessi a qualcuno che sei un lupo mannaro, cosa mi faresti?" chiedo, più che altro per raffreddare l'atmosfera.

I suoi occhi azzurri si trasformano in due pezzetti di ghiaccio. Le sue mani mi stringono le ginocchia e mi chiedo come faccio a trovare sexy il modo in cui mi tocca. Il mio corpo rimane impietrito mentre mi trovo a fissare lo sguardo di un predatore.

"Non credo che tu voglia saperlo," dice in un ringhio, completamente serio. La minaccia di cui sono carichi i suoi occhi gela effettivamente l'atmosfera sensuale.

"Allora va bene," dico, trovando in qualche modo la voce. "Non ho bisogno di saperlo. Non lo dirò a nessuno, a costo della mia morte." Cerco di dire l'ultima parte della frase come se fosse una piccola battuta, ma farfuglio. Il mio stomaco mi sembra una buca senza fondo.

Il suo grande corpo si rilassa. Dopo un momento anche il mio.

"Brava," dice.

Un sospiro mi sfugge dalle labbra, tanto profondo da scuotermi.

"Vieni qui," mormora, e mi prende tra le sue braccia. Io resto rigida, stupefatta, ma poi mi sciolgo appoggiata a lui.

"Scusa se ti ho spaventata stanotte." La sua voce riverbera nel suo grande petto. La sua mano mi accarezza la schiena con movimenti calmanti. Sto così bene.

"Oh, non ho avuto paura. Di solito salto sempre giù dal mio balcone alle due del mattino."

La sua risata mi riscalda. "Mi piaci davvero, Amber." Si alza e mi tira su in piedi, come se niente fosse. "Spero che tra noi ci sia un accordo, eh?"

"Sì. Ho le labbra sigillate."

"Brava."

Cazzo. Quella parola.

Alzo il mento. "Mi riservo il diritto di denunciarti per violenza e percosse."

Sorride di nuovo. Un sorriso lupesco a trentadue denti che mi fa sentire una stretta in mezzo alle gambe. Allunga una mano e mi infila una ciocca di capelli dietro all'orecchio. "Mi scuserei," dice con voce suadente. "Solo che non sono per niente dispiaciuto. Mi è piaciuto vedere quel tuo meraviglioso culo. E quelle mutandine…" Emette un vibrante verso di soddisfazione. Sì, un'altra fitta lì. "Andiamo piccola. È tardi, e dovresti riposarti un po'." Mi accompagna fuori, una mano posata sulla mia schiena. Pensavo si limitasse a chiudere la sua porta alle mie spalle, e invece mi accompagna al mio appartamento come un gentiluomo. Restiamo per un secondo davanti alla mia porta prima che mi venga in mente.

"Merda. È chiusa a chiave."

"Faccio io. Sono bravo con le serrature."

Scompare di nuovo nel suo appartamento e torna fuori con una chiave inglese e un altro piccolo strumento.

"Intendi scassinarmi la serratura?"

"Torna comodo sapere come si fa. Non che ne faccia tanto uso. Sono più tipo da soffiare e sbuffare fino a buttarti giù la casa."

Una risata mezzo isterica mi esce dalla gola. "Non hai un passe-partout per tutti gli appartamenti? Non sarebbe più facile?"

"Così è più divertente. Vuoi imparare come si fa? Ti insegno. È piuttosto facile, a essere sinceri. Andiamo," dice, vedendomi titubante. "A meno che la principessa non sia troppo brava per sporcarsi le mani."

"No," dico con tono sbeffeggiante.

"Ecco cosa succede quando passi del tempo con un ragazzaccio." Mi fa l'occhiolino e mi passa la chiave inglese.

Mi insegna come scassinare la serratura ed entrare in casa mentre se ne sta appoggiato alla parete. "Ok, allora, la chiave inglese va sotto alla serratura. No..." La sua grossa mano prende la mia e io istintivamente mi tiro indietro.

"Tranquilla," mi mormora all'orecchio, e improvvisamente non c'è più aria da respirare. Sposta la chiave inglese, mostrandomi come fare leva dove normalmente ruoterebbe la chiave. "Ora inserisci il grimaldello qua in alto. Sì, così. Muovi il grimaldello avanti e indietro nel buco della serratura per sollevare ogni blocco. Ops, hai mollato la chiave. Devi continuare ad esercitare pressione qui, perché è questo che farà effettivamente aprire la serratura. Riprova."

Che sia messo agli atti: *Scassinare una serratura è facile.* O meglio, lo sarebbe se non mi trovassi schiacciata contro un fico della Madonna. L'elettricità mi scorre in tutto il corpo e piccole scosse mi pulsano in mezzo alle gambe. La mia testa è leggera, circondata dalla voce profonda e paziente di

Garrett che mi impartisce le sue istruzioni. È così gentile, eppure poco fa mi ha trasportata in spalla come un bottino di guerra. Mi ha portata in casa sua e mi ha sculacciata. *Oh Dio.* Ogni volta che ci penso, sento le farfalle nello stomaco e il mio sesso si stringe. E anche quando mi ha minacciata, mi sono sentita al sicuro.

Le mie dita tremanti scivolano. "Non ce la posso fare."

"Certo che puoi. Riprova. Quando capisci come si fa, è facile. Lentezza e stabilità, avvocato," mormora mentre io muovo il grimaldello avanti e indietro.

Uno alla volta, libero i blocchi e la chiave inglese ruota. "Ce l'ho fatta!"

Garrett sorride mentre apre la porta per me. Cerco di ridargli gli strumenti, ma lui fa un gesto di rifiuto con la mano. "Tienili. Potrebbero tornarti utili."

"Sei il mio padrone di casa. Fai bene a incoraggiare scassi e irruzioni?"

"Mi fido di te. So che farai la brava." Mi posa un dito sotto al mento e mi solleva il viso verso il suo. Il suo bellissimo volto è davanti a me. "Fino a che non ti faccio diventare cattiva io."

Non riesco a respirare. Sta per baciarmi?

Lascia andare il dito con cui mi sostiene il mento. "Ricorda quello di cui abbiamo parlato."

"Altrimenti?" La sua vicinanza mi rende più coraggiosa. Sono allegra. O forse ho solo perso la testa.

"Altrimenti." I suoi occhi brillano. "Sarai punita."

Mi lecco le labbra. "E se faccio la brava cosa ottengo?"

Una pausa, poi mi preme contro alla porta. Due mani giganti mi prendono il viso, sollevandomi la testa un attimo prima che le sue labbra si piantino sopra alle mie.

È un bacio fantastico. Il bacio di un ragazzaccio ribelle. Il bacio di una ragazza disobbediente. Mi tiene ferma contro la porta e la sua bocca domina la mia. Il suo ginocchio preme in mezzo alle mie gambe divaricate, la sua coscia muscolosa si piega contro al mio sesso. Scintille volano nella mia mente e il mio corpo si riaccende come i fuochi del Quattro Luglio. Mi sciolgo, indifesa contro questa marea che mi travolge.

Che sia messo agli atti: *I lupi mannari baciano bene.*

All'ultimo, si stacca da me.

"Cavolo," dico ansimando.

"Va bene così, piccola." Spinge avanti il bacino e la sua erezione struscia contro di me. "Fai la brava e potresti avere un'altra ricompensa."

~.~

Garrett

SONO SEDUTO sul divano a sorseggiare una birra, fissando la luna mentre tento di tenere a bada il mio lupo Cattiva, cattiva ragazza. Scappare così da un lupo. E il modo in cui ha reagito alle sculacciate… Dannazione, ho davvero il cazzo bello sveglio e pronto all'azione.

Sento dei passi pesanti nel corridoio, e poi la porta si apre di schianto.

"Piano," esclamo, sobbalzando. Mi sembra di essere mio padre.

Perché diavolo ho pensato che fosse una buona idea vivere insieme ai compagni di branco? Era divertente subito dopo il college, ma ora ho ventinove anni e sono un imprenditore. Sono il proprietario di metà degli immobili del centro.

Forse sarebbe ora di comprarmi una casa, di trovare una compagna. Di crescere un po', cazzo. Ma questo mi trasformerebbe in mio padre.

Cavolo, il mio lupo è proprio alterato se sto pensando di accoppiarmi.

Trey e Jared entrano a grandi passi, ma poi si fermano di scatto.

"Ma che…" dice Trey, e i suoi occhi diventano d'argento.

"È tutto a posto," dico loro. Sentono l'odore di Amber.

"Ma che cos'hai con quell'umana? Tank ha detto che le sei corso dietro," dice Jared.

Rido con tono di scherno. Ma non fa che farmi apparire disperato. "Tank si è sbagliato. Sono andato a farmi un giro e poi sono tornato qui. Sai, il posto dove abito."

Gli occhi di Jared non sono d'argento, ma lui solleva una mano, annusando come un lupo il persistente odore di vaniglia di Amber. "Però lei è stata qui."

"Io e lei abbiamo fatto due chiacchiere." Prendo un sorso di birra, tengo il tono di voce disinvolto. "Lei sa."

Jared e Trey sono come impietriti.

"Come?" chiede Trey. Le sue spalle fremono come se stesse per tramutarsi. Jared si siede su una sedia di fronte a me. Una leggera tensione pervade anche lui, facendolo apparire un predatore in forte allerta.

E hanno ragione a prepararsi alla difesa. Il fatto che Amber sappia è un problema per il branco.

"Indietro." Non riesco a trattenere il ringhio nella mia voce. "È una di noi."

"Cosa?" Jared inclina la testa di lato.

"Gliel'hai detto tu?" chiede Trey, come se non mi avesse sentito, stuzzicandosi il piercing al labbro con la lingua. Nel gruppo, lui è quello che ha la testa. Avrei dovuto costringerlo ad andare al college, perché è uno che fa ricerche su ogni dannata cosa, e si interessa davvero a tutto. È un ottimo consigliere e stratega. "Gli umani non possono sapere di noi, G. La regola…"

"Taci, Trey." Jared lo interrompe. Non è opportuno che nessuno di loro due metta in discussione una decisione presa da me.

Mando giù la mia birra. "No, non gliel'ho detto io. E conosco benissimo le regole del branco. Sono settant'anni che questa in particolare non viene infranta."

"Sì, perché tuo padre squarterebbe un mutante, se mai lo dicesse a un umano," mormora Jared. Anche i suoi occhi sono d'argento adesso.

"Io non sono mio padre." I miei compagni restano immobili sentendo il mio ringhio, quindi mi impongo di rilassarmi. "Mio padre gestirà anche le cose così, ma io non penso che sia necessario. Come ho detto, lei è una di noi.'

"Una mutante?" chiede Jared, anche se dal suo odore deve di certo sapere che non è così.

Scuoto la testa. "Una sensitiva. Non gliel'ho detto. L'ha capito lei. O comunque lo sapeva." Mi alzo in piedi e incrocio le braccia sul petto. "Ma abbiamo parlato, e non dirà una parola."

Trey si morsica il labbro.

Jared mi guarda. "Intendi dirlo a Tank?"

Le mie dita si piegano in due pugni. Tank è il loro fottuto capo, adesso? "Non serve. Lei non dirà una parola."

"Ogni volta che parli di lei, hai il tuo lupo negli occhi," osserva Jared. "Stiamo facendo scommesse su quanto tempo passerà prima che la dichiari tua."

Stanno facendo scommesse. Il che probabilmente significa che l'intero branco sa che provo qualcosa per un'umana. Stronzi.

"Voglio proteggerla," ammetto. *E scoparla alla grande.*

"È una brava persona e non fa apposta ad avere queste visioni." E il mio lupo la vuole tenere al sicuro. All'inizio intendevo negare la verità, ma per qualche motivo non ho voluto mentirle.

Non sono pazza, ha detto, e tutto è finito. Non potevo permettere che continuasse a pensarlo. Non potevo farle del male. Sono un alfa. Proteggo i deboli. Chiunque sia Amber Drake, mi appartiene.

"È una di noi," ripeto. "Ha giurato di non dirlo a nessuno, e le credo. E anche il mio lupo si fida di lei, quindi…" Scrollo le spalle, osservando con attenzione il loro linguaggio corporeo. Buona parte dei membri del mio branco sono leali, ma ora sto piegando le regole. Al minimo accenno che uno di loro possa essere una minaccia per Amber, farò quello che serve per tenerla al sicuro.

"Come vuoi tu, capo." Trey si siede accanto a Jared.

Sbuffo, ma segretamente sono contento che la prendano così bene.

"Sì," anche Jared si rilassa, sorridendo. "Era ora che prendessi una compagna."

Quasi strabuzzo gli occhi. "Cosa?"

"Ti abbiamo seguito a Tucson perché il branco di tuo padre era troppo rigido. Non c'era spazio per un lupo che voleva scorrazzare. Ma tutto questo celibato ci sta un po' stancando. Io sono pronto a dare la caccia a una lupacchiotta, darle un morso per farla mia. Penso che un sacco di altri del gruppo siano pronti, ma stavamo aspettando te."

"Stronzate." Questi ragazzi sono dei festaioli. L'idea che qualcuno di noi a breve si sistemi è semplicemente ridicola.

Jared si limita a sorridere. Sono piuttosto certo che mi stia pungolando per scoprire quanto siano serie le mie intenzioni con Amber.

"Non intendo accoppiarmi," dico con fermezza. "Sapete benissimo entrambi che non mi posso accoppiare con un'umana, anche se è una sensitiva." Ma il mio lupo non è d'accordo. Un sacco di lupi si accoppiano con umane, deve essere possibile. Devo solo stare attento a non marchiarla con un morso, altrimenti potrei ucciderla. Ma accoppiarmi con un'umana significherebbe perdere la mia posizione di alfa. Sarebbe visto come segno di debolezza. I nostri cuccioli avrebbero sangue debole.

"Beh, io sono pronto a sistemarmi," dice Trey sbadigliando.

"Vuoi solo qualcuno che ti succhi l'uccello regolarmente," mormora Jared.

"Sì, e allora? Chi non lo vorrebbe?" Trey afferra il cuscino su cui è seduto e lo tira contro il suo fratello di branco.

"Ragazzi," li avviso con tono assente. Mi gira la testa al pensiero di accoppiarmi con Amber. È ridicolo, ma ora che le carte sono in tavola, il mio lupo non la smette di avere l'acquolina in bocca al pensiero di avere miss Perfettina che fa l'avvocato tutta per sé. Voglio scioglierle i capelli, legarla al mio letto e allargarle le gambe. Passare così tanto tempo a mangiarle la fica da farla gridare fino a perdere la voce. Ogni notte. Per il resto della mia vita.

Fuori discussione, amico.

"Non ti preoccupare," dice Jared. "Troveremo un altro posto dove vivere dopo che porterai l'umana all'obbedienza." Lui e Trey si scambiano un sorriso e io vorrei prenderli a pugni tutti e due. Se la stanno spassando un po' troppo con questa storia.

"Nel frattempo ci metteremo i tappi per le orecchie, o qualcosa del genere," aggiunge Trey.

"Io ho già bisogno dei tappi," dice Jared lanciando un

cuscino a Trey. "Mi tieni sveglio quando ululi mentre ti fai le seghe."

"Non è vero che ululo," Trey rilancia il cuscino all'amico e gli si tuffa addosso, prendendolo a pugni attraverso la stoffa imbottita.

"Ragazzi," li richiamo, e loro si fermano. "Fatemi un favore. Datevi una calmata su questa faccenda. Amber è sotto la mia protezione, ma questo non significa che sia la mia fottuta compagna."

"Ma potrebbe diventare la tua compagna da fottere." Jared sorride come se sapesse che sto tentando di capire come farlo succedere. "Prima ti lasceremo convincerla che siamo dei bravi ragazzi. Quando sarà ora, faremo mettere un sacchetto in testa a Trey."

I pugni ricominciano. Prendo la mia bottiglia di birra prima che voli per aria e li guardo mentre si spingono, sperando che tutto quel casino non svegli Amber.

So che Trey e Jared sono fidati, ma non voglio che lo dicano a Tank, che correrebbe subito da mio padre. Se mio padre deciderà che Amber è una minaccia, non esiterà a emanare un ordine di morte. Per lui, le regole sono regole. La vita è bianca e nera. Lo vedo bene fare la paternale a me e Sedona: *È così che sopravviviamo.*

Ma nessuno eliminerà Amber. Ammazzerei chiunque avesse la fottuta idea di avvicinarsi a lei. Un ringhio mi riverbera nel petto al pensiero.

Ma questo non significa neanche che possa farla mia.

CAPITOLO QUATTRO

*A*mber

SOGNO DI ESSERE INSEGUITA da un lupo. Un bestione enorme con gli occhi argentati che si trasforma in un grande uomo nudo. Che poi mi prende, mi tiene ferma sotto al suo corpo muscoloso, e…

Mi sveglio negli spasmi di un orgasmo.

Che sia messo agli atti: *Le lune piene rendono strani i lupi mannari.* O sono io che sto diventando stramba?

Lo specchio del bagno riflette le mie guance arrossate. A quanto pare, stramba mi piace.

Sospirando, mi passo una spazzola tra i capelli. Diverse visioni, una serata orribile e poi incontro un lupo mannaro. Semplicemente un'altra settimana nella vita di Amber la Pazza.

Dopo due ore passate a ripulire freneticamente ogni superficie del mio appartamento, mi sento un po' meglio. Magari potrei semplicemente continuare ad andare avanti così, come se niente fosse. Garrett mi ha detto di non raccontarlo a nessuno, quindi potrei benissimo fare finta che non sia successo nulla. Giusto?

Insomma, sono solo tre uomini enormi e spaventosi cui capita di trasformarsi in lupi. Bella roba. Anch'io mi trasformo in un mostro una volta al mese, quando ho il ciclo. Magari ho più cose in comune con Garrett di quanto pensassi.

Vestita per fare yoga, prendo il materassino e faccio per uscire, fermandomi per controllare se ho preso le chiavi. Sento un formicolio sulla schiena e sul sedere, come se il mio corpo ricordasse la sensazione di Garrett vicino a me. Mi ha presa al volo quando stavo per svenire e mi ha portata nel mio appartamento. Poi mi ha insegnato a scassinare una serratura. Mi sta proteggendo. Si sta prendendo cura di me.

Faccio finta che non sia mai successo? E il bacio, e la sculacciata, e le sue dita talentuose in mezzo alle mie gambe?

Inspiro con forza mentre le mie parti intime si risvegliano al riaffiorare di quei felici ricordi. Abbassando la testa per nascondere il rossore, praticamente corro lungo il corridoio. Nessun lupo mannaro mi si avvicina mentre vado verso la macchina. Sono quasi delusa.

Forse sono tornata alla vita di Amber la Normale. Quando vedrò Garrett, farò l'indifferente.

Mi sistemo in auto e sto per uscire dal posteggio quando lo vedo. Spalle imponenti che tendono la stoffa di una maglietta verde militare, Garrett incrocia le braccia nerborute sul petto. Inclina la testa di lato mentre mi osserva.

Faccio un gesto di saluto, ignorando le capriole del cuore. E poi premo sull'acceleratore, solo che la macchina fa un salto in avanti. Ho dimenticato di inserire la retromarcia. Le ruote anteriori della mia Volvo colpiscono il blocco di cemento, vi ruotano sopra e il muso della macchina va a sbattere contro al muro.

Un secondo dopo, il metallo stride mentre la portiera si stacca dai cardini.

"Piccola, tutto bene?" Garrett è chino su di me, mi slaccia la cintura e mi tira fuori dall'auto, per poi stringermi tra le braccia.

"Ehi, vicino." La mia voce esce tremante. Alla faccia dell'indifferente.

"Ma che diavolo è successo?"

"Mi hai preso alla sprovvista. Io… ehi…" L'odore di Garrett mi avvolge e la calma distende i miei nervi tesi. Le mie mani sono posate sul suo petto tonico e muscoloso.

"Amber?"

Concentrati! Amber l'Avvocato non è mai a corto di parole. "Stai, ehm, ringhiando?"

"Il mio lupo," dice Garrett con la mandibola serrata. "È preoccupato per te."

"Oh, ciao lupo," dico, parlando con l'ombelico di Garrett. La sua maglietta si è un po' sollevata, mostrando muscoli della dimensione di lastre di ardesia.

Altre vibrazioni mentre Garrett ride. Quel suono piacevole mi rilassa. Sono qui tra le braccia del mio fichissimo vicino e parlo con il suo lupo. No, per niente folle.

Garrett mi infila una ciocca vagante di capelli dietro l'orecchio, mi accarezza la guancia con il pollice, si china su di me e mi bacia.

Al contatto con le sue labbra, piccoli lampi d'eccitazione mi pervadono. Sospiro e mi schiaccio addosso a lui, pronta a strofinarmi contro al suo corpo. Le mie mani scivolano sotto alla sua maglietta e accarezzano i muscoli lisci e scolpiti. Garrett piega la testa, mette una mano dietro alla mia nuca e mi bacia più intensamente. La sua lingua nella mia bocca risveglia parti di me che stanno un po' più in basso.

Il bacio continua, e quando alla fine ci separiamo, quasi

non respiro. Lui mi tiene vicino a sé con la sua mano salda sulla mia nuca, e appoggia la fronte alla mia.

Mi sento proprio come l'eroina di un romanzo di Jane Austen, il petto ansimante, in totale estasi. "Uhm. Wow. Tutti i lupi mannari baciano così?" Parlo a vanvera. Davvero? Dov'è la sana Amber sempre capace di confrontarsi verbalmente con il meglio del meglio in tribunale?

Un lampo argentato gli attraversa gli occhi. "Non bacerai nessun altro lupo mannaro oltre a me."

"Beh, no. Certo che no. Non intendevo baciare neanche te. Sei tu che continui a farlo. E io continuo a permettertelo."

"Sono contento che tu stia bene." Mi toglie la mano dalla nuca e io mi sento persa. "Per un secondo mi sono preoccupato."

"Lo vedo." La portiera dell'auto scricchiola, appesa a un solo cardine. Le ruote anteriori sono incastrate tra la barriera di cemento e il muro. "E adesso cosa faccio?"

"Sono sorpreso che tu non abbia un tasto rapido per chiamate d'emergenza, principessa."

"A dire il vero ce l'ho. Ma come le spiego quelle?" Indico i segni profondi nel metallo lasciati dalle mani nude di Garrett.

"Me ne occupo io. La maggior parte dei componenti del mio branco sono meccanici. Potranno sicuramente sistemare la cosa."

"E come la riportiamo fuori dalla barriera di cemento?"

Garrett è già impegnato a mandare un messaggio. Quando finisce, due tizi escono veloci dalla porta delle scale. Di nuovo, faccio automaticamente un passo indietro.

"Ti ricordi di Jared e Trey?"

"Salve, avvocato." Jared, quello con la testa rasata e le braccia piene di tatuaggi, mi fa un segno di saluto.

Quello pieno di piercing mi sorride e poi indica la mia auto. "È questo il problema?"

"Già." Garrett si infila in tasca il cellulare. "Tank sta arrivando con un carro attrezzi. Ma non voglio lasciarla lì fino a che non arriva."

I due teppisti vanno ciascuno da un lato della mia auto.

"Com'è il tempo?" chiede Faccia di Metallo, detto anche Trey.

Garrett sta dietro la macchina e si volta a dare un'occhiata al parcheggio. "Vecchia signora alle ore tre."

Tutti e tre si piegano sulla mia auto, guardando disinvolti la donna che attraversa il parcheggio, monta in auto e se ne va.

"Via libera," mormora Garrett.

I tre si piegano in avanti, afferrano l'auto e la sollevano come non pesasse niente. Resto a bocca aperta. Che sia messo agli atti: *I lupi mannari hanno poteri sovrumani.* Rimettono al suo posto l'automobile, appoggiandola delicatamente a terra.

"Grazie, ragazzi." Garrett annuisce e i due teppisti mi fanno l'occhiolino e scompaiono prima che io riesca a trovare la voce.

"Immagino che funzioni."

"Adesso arriva Tank per portarla via e darle una sistemata."

"Grazie," dico.

"Non c'è di che, principessa."

Alla faccia di un normale sabato mattina. "Mi sa che perderò la lezione di yoga."

"Con quella ti posso aiutare io."

"E come? Mi insegni a far partire una macchina con i cavi?"

Sorride e scuote la testa. "Ancora meglio." Svolta l'angolo scomparendo. Il rombo di una motocicletta annuncia il suo ritorno.

"Oh no." Scuoto la testa mentre lui mi guarda da una grossa Harley nera. "Non se ne parla. Io su quel coso non ci salgo."

"Andiamo, avvocato." Mi lancia un casco. "Un po' di vita, su."

~.~

CHE SIA MESSO AGLI ATTI: *Quando vai in motocicletta, dovresti portarti un paio di mutandine di riserva.* Perché è fondamentalmente come stare su un vibratore. Un vibratore molto grosso.

Mi tengo stretta a Garrett, schiacciata contro la sua schiena mentre il vento mi sferza i capelli che sbucano dal casco.

"Ehi!" grido, mentre ci allontaniamo dal centro. "Il centro yoga è ad Armory Park!"

"Cambio di programma, principessa," mi risponde, e parcheggia accanto a una piccola bancarella di tacos messicani sul lato occidentale del letto del Santa Cruz, ora asciutto. "Ti prendo uno spuntino."

Protesterei, ma la verità è che la cosa non mi dispiace. Sarei comunque arrivata tardi a yoga, e anche se so che è una brutta idea, sono contenta di passare più tempo con il mio autoritario vicino. Anche se ci troviamo su un'infernale macchina della morte. Che mi dona delle sensazioni pazzesche in mezzo alle cosce.

Garrett ordina dieci tacos con carne asada e poi mi porge il sacchetto di carta contenente il cibo. "Andiamo."

"Dove stiamo andando?"

"A fare un picnic." Riparte e prende la svolta per 'A' Mountain, piegando la moto in curva. La 'A' sta per la lettera gigante dipinta sul versante – che indica l'Università dell'Arizona – e io mi piego insieme a lui, cercando di ignorare il fatto che me ne sto appiccicata all'uomo più sexy che abbia mai incontrato. È come se non avessi neanche avuto il mio orgasmo mattutino.

Risaliamo la 'A' Mountain, gli statuari cactus saguaro che fanno da sentinella mentre sfrecciamo. Il sole è alto, ma l'aria che mi accarezza il corpo rende la temperatura perfetta.

Quando Garrett parcheggia su una piazzola panoramica, ormai mi sto davvero divertendo. La vista sulla città e sul paesaggio naturale alle sue spalle è davvero incredibile. Gli scriccioli cinguettano dai loro nidi nei cactus giganti. Ecco com'è essere Garrett. Liberi.

Il familiare nodo di ansia che mi accompagna sempre è sparito, come se mi fossi adeguata alla sua tranquillità e alla sua forza. Alla sua travolgente convinzione che la città gli appartenga e che niente sia impossibile per lui. So che sto immaginando e proiettando, ma lo stomaco mi dice che ho ragione. Quello che provo è vero. Garrett è padrone della sua vita, del centro città, di questa montagna.

Ma è una cosa stupida. Sarà anche un lupo mannaro, ma questo non lo rende invulnerabile. "Non dovresti portare un casco?" gli chiedo mentre mi sfilo il mio.

"Sei preoccupata per me, principessa?"

"No," mormoro. "Un incidente probabilmente non scalfirebbe minimamente la tua testa dura."

Lui sorride. "Ti è piaciuto il giro?"

"È stato bello." Arrossisco.

"Contento di essere stato la tua prima volta. La prima volta con la moto."

Socchiudo gli occhi e cerco di non pensare come sarebbe stato se si fosse trattato della mia prima volta in quel senso. Decisamente meglio di Tommy Jackson.

Garrett ride e basta. "Andiamo, principessa." Mi porta a un tavolo da picnic. "Ecco qua. Pesca." Apre il sacchetto dei tacos.

"È stato carino da parte tua chiedermi cosa volevo," mormoro. "Potrei essere a dieta. O magari sono vegetariana."

Lui rimane impietrito e la sua espressione è inorridita. "Sei vegetariana?"

"No." Mi brontola lo stomaco.

"Grazie al cielo." Pesca un tacos dal sacchetto e lo divora in un solo boccone.

All'improvviso sono preoccupata che non ce ne sia a sufficienza per entrambi. "Però tengo il peso sotto controllo ."

Ride. "Perché?"

"Per lo stesso motivo per cui vado a fare yoga tutte le settimane. È quello che fa la gente normale: tenersi in forma."

"A me piace la tua forma." I suoi occhi azzurri scendono dal mio viso ai miei seni e si soffermano lì. I miei capezzoli scattano sull'attenti. "Sai una cosa: tu mangia..." Lascia cadere un altro tacos davanti a me. "E io tengo d'occhio il tuo peso."

"Cosa?"

"Lo controllerò molto, molto da vicino." Abbassa la testa sotto al tavolo per spiare la metà inferiore del mio corpo.

Chiudo le ginocchia di scatto, ma una leggera pulsazione si fa sentire tra le gambe. Lo immagino sotto al tavolo, mentre mi divarica le ginocchia. Mentre mette quelle labbra sensuali sul mio sesso. "Ne sono certa." Al diavolo la mia voce, che esce ansimante ed eccitata. "Andiamo avanti." Do un morso al tacos e gemo. È buonissimo.

L'uomo – il lupo mannaro – di fronte a me sembra voler prendere un morso di me.

Cristo, i lupi mannari mordono? Perché non gliel'ho ancora chiesto?

Indico con un cenno della testa le sue dita, l'inchiostro blu che mostra la luna nelle sue varie fasi. "Per essere uno con un grosso segreto, non pensi che quel tatuaggio sia un po' esplicito?"

Lui mi rivolge un sorriso obliquo, un lato della bocca rivolto verso l'alto. "La maggior parte degli umani non sono come te, Amber."

Magari non è un complimento, ma il modo in cui mi guarda mi fa scaldare dentro. "A-allora come funziona? Mordi la gente per farla tramutare durante la luna piena?"

Garrett ride fragorosamente. "Non siamo mica sangui-sughe del cazzo."

Lo fisso confusa.

"Vampiri."

Il mio stomaco si contorce. Ci sono anche i vampiri? *Argh.*

"No, mutante ci nasci o niente. Non puoi essere *tramutato*. Infatti la cosa patetica è che siamo rimasti in pochi. La mescolanza con gli umani ha fatto ridurre la specie."

All'improvviso ho un fortissimo desiderio di saperne di più: incontrare l'intera banda e capire quali sono le loro motivazioni. Ne sono colpita con forza, come se si trattasse di una conoscenza che mi manca da una vita, qualcosa che dovrei sapere.

"Ho una domanda per te, avvocato." Garrett si è spazzolato sei tacos. "Come fai a guidare se hai le visioni tutto il tempo?"

"Posso controllarle. In genere non le ho, a meno che non mi trovi in mezzo a fitte folle di gente. O quando qualcuno mi tocca."

Scopre i denti, come non potesse sopportare l'idea di qualcuno che mi tocca. "Come mai allora non fai la reclusa?"

"In un certo senso lo sono. Non esco molto, eccetto per lavoro e per andare a yoga. Foxfire è la mia unica amica." La mia vita mi sembra patetica, raccontata così. Amber la Normale è piuttosto noiosa.

"Perché hai scelto di fare l'avvocato?"

Allargo le spalle. "Perché? Nel senso che l'alternativa sarebbe stata fare la chiromante e leggere le carte?"

Garrett ride. "No, piccola. È che per certi versi non ti ci vedo. Mi stavo solo chiedendo cosa ci faccia una bella donna di talento come te, con una professione così rigida."

Intende dire che sono troppo severa. Mi tocco i capelli sciolti, e vorrei la sicurezza della mia solita crocchia alla francese. "Lavoro con i bambini inseriti nel sistema affidatario e mi occupo di tirarli fuori dalle brutte situazioni."

"È roba *pro bono*?"

"Quasi," ammetto. "Sono stata fortunata a ottenere le borse di studio per la facoltà di legge, altrimenti non potrei permettermi i prestiti da studente e l'affitto."

"Non sapevo che fossi una tipa così umanitaria."

"Già. Firefox mi definisce una liberale con il cuore che sanguina. Ma voglio dare il mio contributo, e se posso aiutare questi bambini a cavarsela nel sistema, salvandomi da quello che io..." Mi interrompo di colpo. Non intendevo dirgli questo.

"Salvarli..." mi incita Garrett vedendo che non proseguo. "Cosa stavi per dire?"

Metto giù quello che resta del mio secondo tacos. Dovrei dirglielo? "Io stessa ero nel sistema." Mando giù un nodo che ho in gola. "Famiglie affidatarie, da quando avevo sei anni."

Le sue dita si serrano in due pugni, la mandibola si irrigidisce. Sembra in parte nauseato e in parte furioso. "Mi stai prendendo in giro?"

"Tranquillo, Hulk."

Lascia andare un soffio misurato e si alza in piedi.

Lo vedo fare il giro del tavolo e sedersi a cavalcioni della panca di cemento accanto a me.

Allunga le braccia verso di me, usando una mano gigante per far ruotare le mie ginocchia verso di lui, girandomi sul mio posto a sedere. Lasciando la mano sul ginocchio, infila l'altra dietro la mia nuca. La sua fronte è corrugata per la preoccupazione. "Stai bene?" La sua voce è roca, come se avesse intenzione di tornare indietro nel tempo e dare un calcio nel culo a chiunque mi abbia fatto male in passato.

"Sì." Mi lascio scappare un sospiro scosso. Non posso credere di averglielo detto. Ho violato la regola numero uno per tenere a bada Amber la Pazza. Foxfire ci ha messo anni di insistenti domande per tirarmelo fuori. "Le famiglie affidatarie mi hanno salvato, ma non è stato facile. Facevo del mio meglio per comportarmi normalmente, ma continuavano a rimandarmi indietro perché pensavano che fossi pazza. Sai, per le…"

"Le visioni?"

"Sì. I miei ultimi genitori affidatari pensavano che avessi dei problemi di droga." Scuoto la testa. "Hanno tentato di curarmi per anni."

"È stato di aiuto?"

"No. Mi ha fatto sentire peggio. Ma le loro intenzioni erano buone. E la mia vita nel sistema affidatario era molto meglio dell'alternativa."

"Quindi ora lavori con i bambini per accertarti che abbiano la vita che si meritano." I suoi occhi sono di un blu profondo, pieni di comprensione. Non voglio accettarlo, ma mi fa sentire benissimo.

"Sì." Sono contenta che abbia riportato l'argomento sul lavoro. Il lavoro è terreno sicuro. Mi lancio in una lunga spiegazione del mio posto statale come avvocato per l'infanzia, in qualità di rappresentante dei bambini in affido.

"Sembra roba intensa," dice. "E sembra anche che tu faccia davvero la differenza. Non male per un viscido avvocato." Cerca di alleggerire l'atmosfera, ma i suoi occhi sono ancora carichi di pena per me.

Ruoto gli occhi al cielo e do una leggera spinta al suo petto imponente.

Lui mi afferra i polsi e li tiene fermi con una sola mano. "Lascia stare, ragazzaccia."

Oh, signore. Il ricordo della sculacciata di ieri notte mi torna veloce alla mente. Come se non fosse stato nei meandri della mia testa per tutta la giornata.

"Non mancarmi di rispetto." La sua voce cala di un'ottava. "Altrimenti dovrò castigarti di nuovo."

Sento una fitta in mezzo alle gambe, ma ignoro il modo in cui la minaccia mi accende.

Garrett fa cadere lo sguardo sui miei capezzoli turgidi che si vedono sporgere sotto il top da yoga, e io mi sciolgo.

Mi sento avvampare in viso. "S-sei tu il cattivo. Non io." Mi tiro vicino il sacchetto dei tacos. "Ne restano due. Non li mangi?" È un misero tentativo di distrazione, ma lui me lo concede.

"Quindi, se stessi facendo un pranzo di lavoro con un imprenditore immobiliare desideroso di fare qualcosa per la comunità, di cosa gli diresti che hanno più bisogno i bambini in affidamento?"

Raddrizzo la schiena. "Questo imprenditore immobiliare possiede edifici in tutta Tucson? Incluso il Club Eclipse?"

Mi sorride. "Forse."

"Che tu ci creda o no, mi piacerebbe un sacco avere accesso al club una sera."

Inarca le sopracciglia assumendo un'espressione sexy. "Sul serio?"

"Sul serio. Uno degli assistenti sociali per i bambini in affidamento sta cercando un posto per organizzare una 'Serata per le famiglie', per i bambini e le loro famiglie affidatarie. Sarebbe una figata portarli all'Eclipse. Regalargli una festa dove si balla."

"Non servo alcolici ai minori di ventun anni," mi dice con neutro umorismo.

"Certo che no," ribatto, dandogli un colpo alla mano. Con un improvviso movimento lui afferra la mia. Le mie labbra si schiudono mentre la sua bocca si posa sulle mie dita, succhiandole. Il lento rollare della sua lingua mi fa arrossire. Ancora una volta penso a quella lingua che si dà da fare tra le mie gambe. Non che l'abbia mai desiderato prima. Cavolo, ho sempre pensato che fosse una cosa disgustosa. Poco igienica, insomma. Ma il calore umido e vellutato della bocca di Garrett mi fa venire una voglia matta di provarlo.

Quando mi lascia andare, mi rilasso sulla panca.

Deglutendo, continuo: "Sa-sarebbe un evento senza alcolici. Solo bibite e musica. Magari uno spettacolino di qualche genere. I ragazzini penserebbero che è una figata. E per loro sarebbe un ottimo territorio neutro per legare con le nuove famiglie."

"Va bene," mi dice lentamente. "Vedo cosa posso fare."

"I tuoi coinquilini si offrirebbero di aiutare?"

"Jared e Trey?" Inarca le sopracciglia. "Farebbero qualsiasi cosa gli ordinassi."

"L'hai detto tu stesso: sono boy scout. Sarebbero delle ottime figure di riferimento. Fintanto che dicano ai bambini di non bere e non fumare, e di andare a scuola."

"Il mio amico Tank ha un negozio di motociclette. Ha una manciata di ragazzini delle superiori che frequentano il posto per imparare da lui. Ho sempre pensato che potrebbe essere parte formale del programma scolastico. Sai: esercitazione vocazionale o qualcosa di simile."

Mi si stringe il cuore a sentire come Garrett – il lupo mannaro gigante che avevo così miseramente giudicato – pensi ad aiutare gli adolescenti del posto. "È un'idea incredibile. Ti piacerebbe prenderne parte?"

Scrolla le spalle. "Sì."

Me lo immagino mentre fa da mentore a giovani aspiranti malviventi, dando loro un senso di finalità e sicurezza. "Scommetto che saresti un padre fantastico," dico. Sgrano gli occhi quando mi rendo conto che ho appena parlato di futuri figli al nostro primo appuntamento. Non so neanche cosa me l'abbia fatto dire. Sì, lo so. Le mie ovaie iper-reattive, che stanno ancora seminando ovuli ogni due minuti nella speranza di avere fortuna con lui. "Cioè…"

"Sì, insegnerò loro a scassinare le serrature e ad andare in moto. Non è quello che ogni donna cerca nel padre dei propri cuccioli?" C'è un tono di sfida nella sua voce, e un rossore di vergogna mi scorre dentro per averlo giudicato così duramente.

"Scusa, mi sono comportata come una stronza sprezzante quando ci siamo conosciuti. Ero solo nervosa per la mia sicurezza e…"

Mi interrompe con un bacio, premendo le labbra sulle mie, con sottesa una tacita richiesta.

Cedo e apro le labbra al passaggio della sua lingua, cercando di ignorare il modo in cui la Terra sembra inclinarsi e piantarmi in asso. In qualche modo, so che i miei capelli non staranno più raccolti nella crocchia che ero solita farmi.

"Oh, Amber," dice Garrett, interrompendo il bacio. "Se tu avessi un'idea della cose terribili che vorrei farti, sapresti che fai bene a essere nervosa."

I seni mi fanno male adesso, i capezzoli duri spingono contro alla stoffa del top da yoga. Voglio la sua bocca su di loro. Voglio sapere tutte queste cose terribili. Mi ha già sculacciata. Di cos'altro si occupa questo bizzarro lupo mannaro? Bondage? Umiliazioni? Io non ho mai considerato altro che il sesso ordinario nella posizione del missionario, ma è come se una porta si fosse aperta, mostrandomi un intero mondo nuovo e meraviglioso.

Cerco qualcosa da dire, qualcosa di sicuro e neutro. "E tu?" Colpisco il suo piede con il mio. "Come sei entrato nel mercato immobiliare?"

"Mi sono trasferito a Tucson quando avevo diciotto anni. Mio padre mi ha fatto un prestito di partenza e ho comprato una piccola proprietà commerciale che ho poi messo in affitto. Ho fatto da solo tutte le riparazioni necessarie e l'ho ristrutturata. Poi ho avuto fortuna. È partita la rinascita del centro cittadino e il valore della proprietà è salito di colpo alle stelle. Ho fatto un'ipoteca per ripagare mio padre e aprire l'Eclipse. Mio padre era decisamente deluso, per dirla con parole semplici."

"Che tu abbia aperto un locale?"

"Sì. Dice che sarò sempre un teppista."

Un'ondata di rabbia mi scorre dentro per conto di Garrett. Magari sono saltata anch'io alla stessa conclusione quando l'ho conosciuto, ma da allora ho capito che è più di un criminale motociclista. E anche se ha avuto un aiutino da suo padre per iniziare, qualsiasi persona capace di costruirsi un impero immobiliare partendo da un edificio commerciale fino ad avere un impero multi-miliardario, ha sicuramente delle abilità e sa il fatto suo.

Il sorriso di Garrett non arriva a illuminargli gli occhi. "Immagino abbia ragione."

Sentendo della disapprovazione del padre di Garrett, improvvisamente capisco perché il suo lupo mannaro non è mai cresciuto. Con un padre così, ti viene voglia di dimostrargli che si sbaglia o che ha ragione. A quanto pare Garrett ha deciso di dimostrargli che ha ragione. Sì, è un po' cresciutello per fare il ribelle, ma avendo avuto un genitore stronzo sempre pronto a comandare e giudicare, capisco perché le cose siano andate così.

"Quindi, com'è la tipica giornata media per te?"

"Bere birra. Importunare la mia vicina sexy." Continua a fare la parte del malandrino.

Tiro via il sacchetto dei tacos proprio mentre lui allunga una mano per prenderne uno. Mi guarda serio, inarcando un sopracciglio. Trattengo un sorriso e li rimetto dentro, lanciando un'occhiata ai suoi enormi pettorali.

Lui vede il mio sguardo e sorride. "Ti piace quello che vedi, angelo?"

Scrollo le spalle come se la sua vicinanza non avesse su di me alcun effetto. "Ti alleni per averli?"

"Nooo. Questa è tutta genetica, bambola." Flette il braccio mettendo in mostra i suoi bicipiti giganti. Mi chiedo quante ragazze all'Eclipse si gettino ai suoi piedi ogni sera. Il pensiero mi fa venire voglia di strangolarle tutte.

"Ti occupi del locale? Gestisci le tue proprietà?" insisto.

"No, ho membri del branco e dipendenti che lo fanno, adesso. Mi basta gestire loro."

Membri del branco. Ha un branco di mutanti. Non so perché, ma l'idea mi piace un sacco. Gli uomini che sembravano così minacciosi e rozzi nell'ascensore il primo giorno, i rudi buttafuori al locale: non sono membri di un club motociclistico. O forse anche sì, ma fanno pure parte del branco. Del branco di lupi.

All'improvviso mi chiedo se ogni club di motociclisti sia composto da lupi mannari. Sono troppo imbarazzata dalla mia ignoranza per chiederglielo.

Mi chiedo se si vestano apposta da teppisti. Per mettere in guardia gli umani, o qualcosa del genere. Non che me ne stia lamentando, oggi. Il suo corpo imponente fa venire l'acquolina con i suoi soliti jeans strappati e le magliette sbiadite con scritto *Dark Side of the Moon*.

Moon. Eheh. Luna. Chissà quante cose colleziona sulla luna.

"Mangia il tuo tacos, avvocato." Garrett si è spazzolato gli altri due e indica il mio secondo, che ho iniziato e lasciato a metà.

"Sono piena."

"Allora vieni con me." Mi tira in piedi e la sua mano enorme stringe la mia facendola sparire. Dita forti, tanto potenti da piegare il metallo, ma con me delicatissime.

Mi guida su per la montagna e ci allontaniamo dalla motocicletta. Siamo fuori dal sentiero battuto e quando il terreno si rivela troppo insidioso per le mie scarpe da tennis, Garrett mi solleva e mi porta facilmente in braccio sul terreno roccioso, fino alla sommità della 'A' Mountain, quindi mi fa sedere su un piccolo masso. La veduta è ancora più spettacolare.

"Era questo che volevi mostrarmi?" gli chiedo.

"Volevo solo migliorare un po' le cose." Prende un ricciolo dei miei capelli tra le dita. "Quello che mi hai detto al tavolo da picnic – riguardo al sistema affidatario di cui hai fatto parte – lo racconti a tanta gente?"

Deglutisco. "No."

"Sei in contatto con i tuoi genitori affidatari?"

"Gli ultimi? Quelli che hanno cercato di curarmi? Non proprio. Penso di essere andata a studiare legge solo per provare che non avevo bisogno del loro aiuto, né di quello di nessun altro."

"Hai amici intimi? Qualcuno che sappia dei tuoi poteri sensitivi?"

"Solo Foxfire. Almeno lei è l'unica che mi crede quando le dico quello che vedo."

"Nessun altro?"

Scuoto la testa. Il petto mi fa un po' male. "Perché mi stai facendo queste domande?"

"Ora capisco perché sei così tesa, piccola. Il tuo dono ti isola dagli altri. Non hai nessuno che ti protegga."

"Non è un dono." Mi si serra la gola.

"E non hai nessuno con cui condividere il tuo segreto. Nessuna famiglia. Nessun branco," mormora, come se parlasse tra sé e sé.

Il dolore sotto allo sterno si espande e sento salire le lacrime agli occhi.

Lui si accorge della mia espressione. "Merda. Non volevo turbarti." Mi tira in piedi e mi stringe tra le braccia.

Oppongo resistenza. Odio la debolezza.

Lui ignora i miei tentativi di divincolarmi. La sua forza mi fa sembrare una bimbetta di un anno. "Voglio solo sapere cosa ti porta a comportarti così. Non voglio farti del male, Amber."

"Non puoi farmi del male," dichiaro, ma non è un'affermazione. È la cugina di *Non ho bisogno di nessuno*, e so che non è vero. Rinuncio alla resistenza e mi affloscio contro di lui, appoggiando la guancia sul suo petto massiccio. Mi strofino gli occhi.

"Non permetterò mai più a nessuno di farti del male."

Vorrei dire che sono *stronzate*. Ma il suono di quelle parole mi piace. E mi piace anche stare accoccolata nel suo saldo abbraccio e assorbirne il calore.

Non mi sono mai aperta con nessuno come ho fatto con Garrett. Non sono neanche sicura di come abbia fatto a farmelo fare. Ma mi fido di lui. Più di quanto mi sia mai fidata di qualcuno in vita mia. "Bene." La mia voce suona tremante. "Mi sa che adesso conosciamo entrambi i segreti dell'altro."

"Già." Appoggia il mento in cima alla mia testa. Combaciamo perfettamente. "Il tuo segreto è al sicuro con me, principessa."

Per un momento restiamo così, legati insieme, guardando Tucson dall'alto. Garrett inspira dal naso e le sue mani si stringono su di me. Una scende sul mio sedere, stringendomi le natiche attraverso i pantaloncini aderenti.

"Dovevi proprio indossare *questi*." Entrambe le mani mi afferrano il sedere adesso, stringendo e rilasciando, accarezzando e disegnando dei cerchi. Ricordo il modo in cui mi ha massaggiato il sedere dopo averlo mandato in fiamme ieri notte, e una fame oscura brucia nel mio basso ventre.

Mi solleva in modo che possa stringere le gambe attorno ai suoi fianchi. La sua bocca cala sulla mia spalla, mezzo morso e mezzo bacio. Alza e abbassa il mio sedere, facendo strofinare il mio sesso contro la grossa protuberanza del suo. "Sento la tua bella passerina eccitata, bambola. Ma le hai le mutandine?"

"No," riesco a dire tra i respiri già affannati. Non ho mai desiderato così fortemente un uomo in vita mia. Non mi sono mai sottomessa a questo modo, lasciando che qualcuno guidasse il gioco e facesse quello che voleva.

Una vibrazione risuona nel petto di Garrett.

Mi tiro indietro e vedo che i suoi occhi sono argentati. "Il tuo lupo si sta mostrando," mormoro.

"Cazzo." Mi lascia andare a terra e mi fissa, le mani che si chiudono in due pugni ai suoi fianchi.

"Cosa c'è che non va? Stai bene?"

Non mi risponde. Vedo lo scatto di un muscolo nella sua mascella. Mormora un'imprecazione e si tira via la maglietta.

Cacchio. Le sue braccia: i muscoli sono grandi quasi quanto la mia testa. La vista della tartaruga perfettamente scolpita mi fa venire voglia di ululare alla luna. Ha il tatuaggio della zampa di un lupo su una spalla.

"Cosa stai facendo?" Incrocio le braccia davanti a me per nascondere i capezzoli turgidi. Le sue mani adesso vanno alla cintura. "Aspetta, bello mio. Cosa stai facendo?" Pensa che faremo sesso, qui e adesso?

"Devo tramutarmi."

"Qui? Ora?" Mi guardo attorno. "Garrett, no." Il rumore di un'auto poco sotto arriva a noi. "È pieno giorno e chiunque potrebbe salire quassù."

Mi si avvicina e il suo profumo mi pervade. "Non posso farne a meno. Tu mi istighi il cambiamento. Se non permetto al lupo di uscire, dovrò metterti per terra a carponi e..." Si interrompe scuotendo la testa come farebbe un cane. "... ti farei delle cose terribili."

Ti prego... fammele.

La sua pelle si increspa in un movimento spaventoso.

"No." Gli poso le mani sul petto, come se potessi impedire al lupo di venire fuori. "Fermati, ti prego." So com'è essere un bambino e vedere cose che non si dovrebbero vedere. "Non farlo. Non così."

"Non posso impedirlo." La sua voce esce strozzata. Si sta per tramutare davanti ai miei occhi, proprio adesso.

"Resta con me, Garrett." Faccio l'unica cosa che mi viene

in mente. Mi alzo in punta di piedi, gli metto le braccia attorno al collo e lo bacio.

L'eccitazione mi scoppia dentro non appena le nostre labbra si toccano. Lui mi solleva, mi mette una mano tra i capelli e mi tira indietro la testa. Il gonfiore del suo sesso turgido preme contro il mio ventre. Il bacio accende il mio corpo e tutte le sensazioni insieme riverberano dentro di me. Tutto in me prende vita.

"Non sai che vorrei farti..." La fame che gli leggo negli occhi è inquietante.

"Fallo," gli assicuro, e lo dico sul serio. Lo voglio. "Ma non qui. Portami a casa. Non serve che ti tramuti." Non so se a parlare sia l'intuito o la paura, ma c'è un'urgenza a volerlo mantenere sano, a evitare che si verifichi la cosa contro cui sta lottando.

Lui mi lecca la gola, la mia testa ancora immobilizzata nella sua stretta forte come l'acciaio. Mi accarezza la mandibola con le labbra, mi mordicchia la bocca. Il mio corpo risponde e le anche spingono contro di lui, l'eccitazione del mio sesso cerca qualcosa a cui aggrapparsi.

Mi morde la spalla con tale forza da farmi gridare di dolore. Il suono sembra risvegliarlo di colpo dal suo stato di torpore libidinoso. Mi lascia, facendo un salto indietro come se l'avessi scottato.

"Cazzo, Amber." I suoi occhi sono ancora d'argento. Si passa una mano tra i capelli biondi, respirando pesantemente. "Cazzo. Ti ho fatto male? Cazzo!"

"No. No, non mi hai fatto male." È una verità solo parziale. Mi chino verso di lui: ne sento già la mancanza. Le mie mani vogliono stare attaccate a quel petto incredibile. "Va tutto bene." Allungo le mani verso di lui. So come ci si sente a non avere il controllo su se stessi.

"No." La furia deturpa il suo bel viso. "Non può succedere di nuovo. È stata una cattiva idea." Sta respirando affannosamente. "Devo starti alla larga."

"Garrett..."

"Non posso stare vicino a te." Si passa una mano sul viso. Le sue spalle si piegano in avanti. Si sente uno scoppio. "Troppo vicino alla luna piena. Devo andare." Ruota su se stesso e scende a grandi passi dall'altra parte della montagna. Lontano dalla strada. Lontano da me.

"Aspetta!" Intende lasciarmi qui? Io non so guidare quella motocicletta del cavolo. Lo inseguo. "Cosa succede durante la luna piena?"

Il suo ringhio riecheggia tra i massi mentre lui scompare, impietrendomi. "Vado a caccia."

~.~

CHE SIA MESSO AGLI ATTI: *Il lupo mannaro ha abbandonato la sua fiamma sulla 'A' Mountain.*

"Grazie per essere venuta a prendermi," dico a Foxfire mentre lei parte con l'auto dal belvedere. La location di un appuntamento sfumato nel nulla. Ho aspettato Garrett per un'ora intera prima di farmene una ragione e accettare il fatto che avrei dovuto trovare un passaggio per tornare a casa.

"Nessun problema. È il minimo che potessi fare, dopo essermi resa ridicola ieri sera." Sembra un po' pallida, ma più in forma di quanto mi senta io. "Ridimmi cos'è successo. Sei andata a un appuntamento, e nel bel mezzo lui ha preso e se n'è andato?"

"È un tipo... strano." *Eufemismo dell'anno.* E sexy. E probabilmente miliardario. Ed è un lupo mannaro.

E un dannatissimo stronzo.

"Aspetta," dice Foxfire. "Sto cercando di mettere insieme i pezzi. È il tuo vicino?"

"Sì'."

"Ed era lì ieri notte, giusto?"

"È il proprietario del Club Eclipse. E dopo che sono tornata a casa, abbiamo parlato un po'." E mi ha sculacciata un attimino, dandomi poi un orgasmo non proprio trascurabile. E ho fatto sogni eccitanti per tutta la notte.

Mi premo le mani sulle guance per nascondere il rossore.

"Diciamo che ha bussato alla mia porta. Io mi sono spaventata e sono scesa dalla scala antincendio. Sono quasi caduta e lui mi ha presa al volo. Mi ha portata nel mio appartamento e mi ha detto…" Mi interrompo.

"Di non rimettere mai più piede nel suo club," dice Foxfire, riempiendo la mia pausa di imbarazzo. "A causa mia."

"No, per quello è tutto ok. Penso che ci lascerebbe entrare." Mi ha detto che potremmo usare il club per la festa delle famiglie affidatarie. Spero l'abbia detto sul serio. "Stamattina mi ha aiutato con la macchina ma poi…"

"Ti ha portata a fare un giro in motocicletta e ti ha scaricata in mezzo al nulla."

"Sì." Mi massaggio la testa. Le tempie pulsano come se fosse imminente un'altra visione. Meraviglioso.

"Questo tizio mi sembra una fonte di problemi. In genere tu non sei una sconsiderata."

"Lo so." A cosa stavo pensando? "C'è tra noi un certo legame."

"Cosa potresti mai avere in comune con questo tizio? Fa parte di una banda di motociclisti. Tu passi le serate a lavorare o a sistemare le penne e a stirare la biancheria intima."

"Cavolo, grazie mille. Perché non mi dici direttamente che sono noiosa?"

"Sai cosa intendo dire, Amber. Ti voglio un sacco di bene, ma sei una fanatica del controllo. Quel tipo è il caos fatto persona."

"Non capisci. Mi sono sentita come se con lui potessi aprirmi. Gli ho raccontato delle visioni."

"Sul serio?" Foxfire inarca le sopracciglia così tanto che quasi scompaiono sotto alla frangia.

"Sì. È la prima persona a cui lo dico da anni, oltre a te." La nonna di Foxfire era una guaritrice, quindi lei è cresciuta sentendo parlare del lato spirituale delle cose. È uno dei motivi per cui siamo migliori amiche.

"Non posso credere che tu ti sia confidata con quel cazzone. Sembra un uomo di Neanderthal."

"Sì, è vero, ma è più di questo. Ho avuto una crisi davanti a lui, e si è preso cura di me."

"Quando gli hai detto delle visioni, come ha reagito?"

Mi sento girare la testa alla parola *visioni* e metto una mano sul cruscotto per tenermi in equilibrio. "Mi ha creduto."

"Cos'avevi visto?" mi chiede Foxfire.

"Un lupo." Qualcosa passa come un lampo nel deserto mentre guardo fuori dal finestrino. Un coyote o qualche altro animale selvatico? Garrett è là fuori, che corre nella sua altra forma. Per un momento, sento il sapore dell'aria calda e secca mentre corro a quattro zampe accanto ai cactus. Sono un predatore, potente, senza paura. La luna è sospesa subito dietro l'orizzonte, invisibile, ma la mia pelle vibra mentre mi chiama, dicendomi di tramutarmi...

"Hai detto lupo mannaro?" Il sussulto di Foxfire mi riporta in auto.

"No." Scuoto la testa, frastornata. Ho appena avuto una visione? "Uhm, cos'ho detto?"

"Hai detto *Garrett è un lupo mannaro.* Almeno penso che sia quello che hai detto. Eri piuttosto fuori."

Dannazione. "Uh… quello è il nome del club motociclistico, penso. I Lupi Mannari. Hanno un tema a base lupo. Club Eclipse. Tatuaggi sulla luna. È un po' un marchio di fabbrica. *Ti prego, ti prego. Credimi.*

"Ok, se lo dici tu."

Resto in silenzio e mi concentro sul respiro. Foxfire guida nel traffico mentre il deserto lascia lentamente spazio alla distesa urbana. Chiudo gli occhi, lottando contro i giramenti di testa.

"Hai mal di testa?" mi chiese Foxfire.

"Un po'."

"Sembri un po' malconcia, altrimenti ti porterei subito a cercare un altro appartamento. Adesso."

Scivolo sul sedile. Voglio cambiare casa? Non voglio più avere Garrett come vicino? No. Ha mandato all'aria l'appuntamento di oggi, ma anche io. Ci sono altre prove a testimoniare che sono stramba?

"Questa cosa non mi piace, Amber." Foxfire è tanto accigliata che il viso assume delle pieghe anche ai lati della bocca. "Garrett non è un bel tipo."

"È tutto ok," le dico. "Penso che mi starà alla larga da ora in poi." Ignoro la fitta al cuore. Lo conosco appena. Non dovrebbe importarmi se non lo rivedrò più.

"Portami a casa e basta." La mia voce si spezza sulla parola. Non posso mentire a me stessa. Anni di vita nel sistema degli affidamenti e non ho mai avuto un posto sicuro da chiamare casa. Un posto dove poter essere me stessa, una famiglia che mi accetti per quello che sono.

Ecco perché passare del tempo con Garrett è stato così speciale. Per poche e brevi ore, mi sono sentita a casa mia.

CAPITOLO CINQUE

$\mathcal{G}$*arrett*

CE L'HO FATTA *ad arrivare a casa, e non grazie a te. Giusto perché tu lo sappia.*

Leggo il messaggio di Amber mentre mi avvicino al condominio. Per un secondo, sono dibattuto se risponderle, ma scrivo invece a mia sorella.

È passata quasi una giornata da quando mi ha mandato un aggiornamento. Chiamami presto.

Mi infilo in tasca il cellulare prima di sbriciolarlo con la mano. *Femmine.* Forse è una buona cosa che il mio branco sia composto esclusivamente di maschi.

Il mio lupo scatta in superficie mentre passo accanto al punto in cui era parcheggiata l'auto di Amber. Lo spingo giù. Ore di corsa a caccia di lepri e sono ancora agitato. E la causa di tutto questo è una donna. Sento il suo profumo dolce lungo le scale e sono pronto a scatenarmi.

Compagna.

Non c'è nessun motivo logico per cui mi debba comportare così. Non ho mai avuto problemi prima d'ora con il mio lupo. Ma è bastato un appuntamento con Amber e ho quasi perso il controllo. Ero pronto a strapparle i vestiti di dosso, sbatterla giù e scoparla fino a farle perdere i sensi. Peggio ancora: i miei canini si erano allungati, pronti a marchiarla per sempre con il mio odore. Rivendicarla come mia in modo che nessun altro lupo possa mai pensare di prenderla. C'è *solo* un problema: è umana. Accoppiarmi con lei vorrebbe dire rinunciare alla mia posizione di alfa. Un maschio alfa si accoppia con una femmina alfa. Gli umani sono lontani anni luce dal concetto di alfa. Anche se un'umana sensitiva potrebbe essere diversa. Se dessimo alla luce cuccioli lupo con abilità sensitive, sarebbe un risultato epico. Ma il branco non starà ad aspettare di vedere come sono fatti i nostri cuccioli. Se viene percepita la debolezza di un leader, un altro lupo dominante subito si fa avanti. Tank. O Jackson King, il lupo solitario a capo della società informatica multi-miliardaria SeCure.

No, devo resistere ad Amber. Per il suo bene e per il mio. Diamine, avrei potuto farle male. Avevo un controllo pari a zero, ero pronto a lacerarle le carni con i denti per assicurarmi che sapesse chi l'aveva rivendicata.

C'è una definizione per descrivere i lupi che perdono il controllo in questo modo: il mal della luna. Il lupo prende il sopravvento, consumato dal desiderio di accoppiarsi. Più il lupo è dominante, più questa follia è pericolosa.

Sono un alfa. Sono il lupo più dominante che io conosca, eccetto forse mio padre. È chiaro che il mio lupo vuole Amber. Per evitare di diventare matto, dovrò rivendicarla o starle alla larga.

Prendo le scale. Sono stato fuori tutta la notte, a correre, a cercare di stancare il mio lupo prima che mi capiti di tornare vicino ad Amber. Non ho avuto fortuna. Il mio animale impazzisce quando apro la porta del corridoio. Per non parlare della libido. L' erezione preme dolorosamente contro ai jeans.

La porta dell'appartamento di Amber si apre. Il suo nome balza alle mie labbra, ma a uscire è una donnina con i capelli multicolori. Chiude la porta attentamente con una mano, mentre con l'altra sorregge una grande borsa morbida. Poi imbocca il corridoio. Alza lo sguardo all'ultimo secondo quando le passo accanto.

"Tu!" Si ferma, porta le mani ai fianchi e mi lancia un'occhiataccia. "Che problemi hai?"

"Scusami?" Il mio lupo normalmente ringhierebbe sentendo sfidata la sua autorità, ma questa signorina ha lo stesso odore di Amber. "Chi sei?" dico, e in quella me la ricordo la sera prima al club.

"Foxfire. Sono l'amica di Amber. Sono andata a prenderla in cima alla montagna, dove tu l'hai scaricata." Il suo dito quasi mi si pianta nel petto.

La mia gola vibra con un ringhio. "Dolcezza, è meglio che ti dai una calmata."

"Devi stare alla larga dalla mia amica. Tu e la tua banda di lupi mannari..."

"Cosa?" Quasi ringhio.

Lei alza le mani. "Qualsiasi sia il nome della tua banda. Lupi, o Lupi Mannari o quello che è. Per quello che me ne frega, potete anche chiamarvi Megastronzi Idioti. Lascia stare Amber e basta." Con quest'ultimo grido se ne va a grandi passi, lasciandomi tremante, la pelle che freme per il desiderio di trasformarmi e fare a brandelli la minaccia al branco.

Amber si è lasciata scappare il mio segreto. Mi sono

fidato di lei, e la prima cosa che lei ha fatto è stata spiattellare tutto all'amica, che poi va a gridarlo al mondo intero.

"Oh, cazzo, no." Marcio convinto fino alla porta di Amber, stringendo con forza il pugno. Vuole vedere il grande lupo cattivo? "Amber? Apri."

Se scappa ancora dalla scala antincendio, se ne pentirà.

L'odore di vaniglia e arancia dolce.

"Apri la porta, Amber."

"Cosa intendi fare?" Sento il battito del suo cuore anche attraverso il legno della porta.

"Apri adesso. Uno… due…"

La serratura fa un clic e si apre. Ha il volto pallido e patito.

"Saggia decisione." Entro in salotto passandole oltre.

Lei mi segue.

Smetto di stringere i pugni, come se potessero aiutarmi a tenere a bada il mio lupo. Non so che diavolo fare. Non voglio minacciarla con la soluzione vecchia scuola per gli umani che vengono a conoscenza del nostro segreto: la morte. Mi farei sparare in testa prima di permette a qualcuno di fare del male a questa bellissima umana.

"Non hai mantenuto fede alla parola."

Lei sta in piedi, le spalle piegate in avanti, gli occhi fissi sul pavimento.

La sua posa di sottomissione preme in me un interruttore. Il cazzo mi diventa duro come la pietra, nonostante la delusione. La rabbia genuina si trasforma nel desiderio libidinoso di farle il culo rosso. Subito prima di metterla carponi a terra e scoparla da dietro.

"Non era mia intenzione dirglielo," sussurra. "Sono scivolata in una visione e… è saltato fuori. Le ho detto che è il nome della tua banda di motociclisti."

Parte della tensione sul mio viso si rilassa. Ripenso a

quello che ha detto Foxfire, ed effettivamente combacia. Però non voglio che si pensi che siamo lupi, che sia il nome di una banda o del vero animale. "Beh, noi non abbiamo una banda. Cosa pensi di fare quando scoprirà che non ci chiamiamo così?"

Lei sprofonda ancora di più. Normalmente non sarebbe così sottomessa, ma sento la vergogna nel suo odore. È sinceramente dispiaciuta.

Il mio lupo mi vibra nel petto mentre le giro attorno. "Non penso che tu capisca. I mutanti non permettono agli umani di sapere che esistono. È pratica comune *eliminare* ogni minaccia alla nostra privacy."

Amber ancora non si muove. Non sono neanche sicuro che stia respirando. Il mio lupo adora dominarla, anche se la parte umana di me si sta dando da fare per mantenere il controllo. La mia mente è inondata da immagini in cui tengo bloccate al muro le sue mani delicate e schiaffeggio quel suo grazioso culetto.

"Eri già in pericolo, Amber. Mi piacevi, quindi intendevo assumermi il rischio e lasciarti vivere. Ma ora siete in due a sapere. Hai appena messo la tua amica in pericolo di morte."

"Ti prego, non fare del male a Foxfire." Una lacrima le riga la guancia. L'odore salino soggioga la mia irritazione più velocemente di un sedativo. Un altro segno che lei è la mia compagna.

Le passo le dita tra i capelli, stringendone una ciocca, tirandole lentamente indietro la testa ed esponendole il collo. Per un secondo vedo nero, mentre lotto contro l'animale che dentro di me ringhia il suo desiderio di *marchiarla.*

"Cattiva, Amber," le sussurro in un orecchio, cogliendo una nota di eccitazione nell'odore della sua paura.

La sua eccitazione fa scattare alle stelle anche la mia. Le faccio sentire il peso della mia posizione di comando. Le faccio capire che creatura pericolosa sono in realtà. "Cosa devo fare con te?"

Mi suona il telefono, spezzando l'incantesimo. Mi tiro indietro e lo prendo dalla tasca. Vedo il nome di Sedona sullo schermo e rispondo velocemente.

"Perché diavolo non ti sei fatta sentire fino ad ora?"

"Uh," dice una voce maschile. "Sono Jason, l'amico di Sedona. Siamo a San Carlos."

Sento il ghiaccio nelle vene. "Sì?"

"Sedona… beh, è come scomparsa."

"Cosa vorrebbe dire che è *come scomparsa*? Dov'è?"

"Non lo sappiamo. È uscita per correre sulla spiaggia e non è mai tornata. Abbiamo cercato dappertutto. Abbiamo anche provato con la polizia, ma non sembrava che gliene fregasse tanto. Abbiamo pensato che magari potresti chiamare l'ambasciata o qualcosa del genere…"

Sedona. Mia sorella. Scomparsa.

Il mio animale cresce dentro di me, aggrappandosi con i suoi artigli alla superficie. Il volto preoccupato di Amber mi appare davanti. Mi concentro su di lei.

"Sto arrivando," ringhio, la voce per metà ceduta al lupo. "Dove?"

Il ragazzo capisce quello che sto chiedendo e promette di mandarmi un messaggio con le indicazioni. Il pensiero di dover aspettare per sapere dove andare è l'unica cosa che mi trattiene dal distruggere il telefono.

"Che succede?" La voce di Amber è tremante. E fa bene ad avere paura. Ha risvegliato un grosso predatore cattivo e ora dovrà gestirne le conseguenze. Avanzo a grandi passi e lei, da brava preda, indietreggia.

"Mia sorella Sedona. È sparita."

"Oh no." I suoi occhi diventano grandi e tondi. La sua

schiena colpisce la parete, ma lei non distoglie mai lo sguardo dal mio. "Cos'è successo?"

In risposta, appoggio le mani sul muro, ai due lati della sua testa, intrappolandola tra le mie braccia. Il mio corpo è davanti a lei. Una sola mossa e il mio sesso le struscerà contro, e io perderò la testa. Le mie mani si serrano in due pugni, mentre lotto per mantenere il controllo. Chino la testa in avanti e inalo il suo odore caldo e dolce. *Amber. Compagna.* Lei è l'unica cosa che mi tenga tutto d'un pezzo ora.

Lei è l'unica con il potere di farmi a pezzi.

"Garrett?" Il mio nome sulle sue labbra mi fa venire voglia di dimenticare il fallimento come fratello e il terrore per la scomparsa di Sedona. Voglio inspirare e inalare Amber, lei sola.

Invece mi tiro indietro quanto basta perché veda l'argento nei miei occhi. "Fai i bagagli e prendi il passaporto. Andiamo in Messico."

"Cosa?"

"Sei una sensitiva. Vedi cose che gli altri non vedono. Vieni con me per trovarla."

"Mi spiace, Garrett, ma non posso. Devo lavorare lunedì…"

"Non te lo sto chiedendo. Hai infranto le regole, piccola umana. Non posso lasciarti scorrazzare in libertà. E io devo andare, il che significa che tu verrai con me. Ora sei mia."

~.~

Amber

. . .

ME NE STO RANNICCHIATA sul sedile posteriore della Range Rover di Garrett, tremando anche se non è freddo. Le portiere ai due lati si aprono e Jared e Trey entrano, schiacciandomi tra loro.

Che sia messo agli atti: *Non sono fatta per le cose a quattro, né per gli scenari di rapimento.* Immagino che avrei dovuto dirlo a Garrett, perché questa non è proprio la mia idea di secondo appuntamento.

"Che ci facciamo con l'avvocato, capo? Non sembra contenta di essere qui."

"Verrà con noi. Non lasciatela scappare," ringhia Garrett. Sale al posto di guida ed esce dal parcheggio. Mi affretto ad allacciarmi la cintura. I miei due bodyguard – perché è questo che sono – non si curano di farlo.

Quello tatuato – Jared – sta seduto e mi guarda a braccia conserte mentre Garrett si divincola nel traffico. "Che piani hai con lei?"

"Sarei seduta proprio qui. Vi sento," mormoro.

"Dobbiamo ammazzarla?" ringhia Trey.

Stanno scherzando. Ne sono certa. Ma non proprio del tutto. *Merda.*

"Se avesse voluto ucciderla sarebbe già morta, e adesso staremmo eliminando il corpo," dice Jared mentre a me va di traverso il mio stesso respiro.

"Non ammazziamo nessuno. Ci aiuterà." La profonda voce vibrante di Garrett mi scuote anche in questo momento di tensione.

"Ah, già." Jared mi osserva attentamente. Ha le ciglia lunghe e gli occhi color nocciola. "Dimenticavo: è una sensitiva."

"Gliel'hai detto?"

Gli occhi di Garrett incontrano i miei nello specchietto retrovisore. "Non tengo nascosto niente al mio branco."

Oh, quindi niente di reciproco qui? Trattengo una risposta a tono. Ora non è il momento che Amber l'Avvocato asserisca il proprio caso. Magari quando l'energia nell'auto non sarà carica di tensione. Faccio quasi fatica a respirare.

"Pensi di poter percepire una persona scomparsa, signorina sensitiva?" chiede Jared. Uno dei suoi tatuaggi è uno scheletro amorosamente intrecciato con una donna paffuta mezza nuda. *Affascinante.*

"Mi chiamo Amber." Tiro fuori la mia voce altezzosa per darmi forza contro la paura. "E la risposta è no. Non è un'abilità che so usare. È più una cosa che mi capita."

"Beh, ho bisogno che ci provi," dice Garrett dal posto di guida.

"Non so proprio come fare." Non lo so. E so che me ne darà la colpa quando non funzionerà.

"Allora perché è nostra prigioniera?" insiste Trey.

Mi irrigidisco per il modo casuale in cui lo chiede, come se prendere dei prigionieri sia normale prassi.

"Ha parlato," mormora Garrett.

"La stai spaventando." Jared mi mette un braccio attorno alle spalle e mi massaggia leggermente il braccio. "Sta tremando come una foglia."

"*Non* toccarla." Il ringhio di Garrett mi fa precipitare lo stomaco sotto ai piedi. I suoi occhi brillano d'argento nello specchietto retrovisore.

Jared leva il braccio.

Trey si muove sul sedile, mettendo qualche centimetro di più tra me e il suo grosso corpo. "Sì, signore."

"Capito, capo," conferma Jared.

Sembrano dei teppisti, ma parlano come soldati dell'esercito.

Garrett non ha finito. "Se uno di voi la tocca gli spacco la faccia, chiaro?"

Neanderthal. Questi tizi sono dei completi primitivi. Ma tutto il mio corpo avvampa e parte di me gode della sua possessiva minaccia. O è solo protettivo? Qualsiasi cosa sia, mi risveglia nella pancia una sensazione calda che mi contorce le viscere.

"Quindi, se tenta di scappare, la fermo con il mio campo di forza invisibile," mormora Trey.

"Mi stai davvero rispondendo?" chiede Garrett. Le sue dita sono bianche sul volante.

"No, signore." Trey scambia uno sguardo con Jared, inarcando leggermente un sopracciglio come a dire: "Ma che cos'ha?"

Io respiro un po' più tranquillamente dopo aver assistito a questa tacita comunicazione.

"Amber ha un'amica." Mi irrigidisco di nuovo alle parole di Garrett. "Si chiama Foxfire. Era al club."

"La signorina vomito-dappertutto? Me la ricordo," dice Jared.

"Chiama Tank e digli di tenerla d'occhio."

"Cosa?" dico prima di pensare. "No."

"Sì…"

"Foxfire è innocua. Pensa che Lupi Mannari sia il nome della vostra banda di motociclisti o qualcosa del genere. Te lo giuro, non lo dirà a nessuno." La mia voce sale allo stesso livello della mia disperazione.

"Hai detto di noi in giro?" chiede Trey. Il modo in cui la temperatura cala nell'abitacolo mi fa capire quanto sia seria la faccenda. Sono davvero nei guai. Guai grossi.

"Ho avuto una visione. Mi è sfuggito. Non date la colpa a Foxfire."

"Non verrà fatto alcun male alla tua amica," promette Garrett. "Lo giuro sul mio lupo."

"Ho solo bisogno del suo indirizzo." Jared si ferma a metà messaggio.

Scuoto la testa. Le lacrime mi bruciano negli occhi. Stupide, stupide visioni. Stupidi lupi mannari. Non ho chiesto niente di tutto questo. "Per favore," sussurro.

"Amber."

Incrocio lo sguardo di Garrett nello specchietto retrovisore.

Non dice nient'altro, ma i suoi occhi mi ordinano di sottomettermi alla sua inflessibile volontà. Forse ho la sindrome di Stoccolma. Con un sospiro, do loro l'indirizzo di Foxfire.

"Non le succederà niente," mi assicura Garrett.

"Si, non ti preoccupare," aggiunge Trey.

Viaggiamo in silenzio per quaranta minuti, fino a che passiamo il segnale del confine messicano. Una scossa mi pervade quando lo vedo. Sto davvero uscendo dal Paese con questi lupi?

"Amber, guardami." Garrett picchietta un dito contro allo specchietto retrovisore fino a che non sollevo lo sguardo e incontro il suo. "Niente casini," mi dice, mettendomi in guardia. "Non richiamare l'attenzione su di noi in nessun modo. Non parlare a meno che non ti sia rivolta una domanda diretta. Non dare loro nessun motivo di fermarci, intesi?"

Serro le labbra. Il cuore accelera. Sono davvero in guai seri. Rapita da un letale branco di lupi e portata in Messico. Tornerò mai a casa? Amber l'Avvocato non avrebbe mai permesso a dei semi-sconosciuti di portarla fuori dal Paese. Ha avuto il massimo dei voti agli esami. Non è stupida. A che punto ho smesso di usare il cervello per iniziare a pensare con la vagina? Non permetto mai a nessuno di maltrattarmi, che si tratti di lupi mannari sexy o no.

"Siamo intesi?"

Mi costringo ad annuire, poi distolgo lo sguardo. Devo

pensare a qualcosa, rapidamente. Questa è una follia, e io ho passato una vita intera a cercare di tenere Amber la Pazza fuori dalla mia vita.

L'auto avanza lentamente in coda. Quando arriviamo al piccolo capanno di cemento, Garrett spegne il motore e ci indica di smontare tutti per portare dentro i documenti. Mentre camminiamo, mi stringe la sua mano enorme sulla spalla.

Una volta dentro, continua a dirigermi. Compilo il modulo per il visto turistico e lo spingo avanti quando l'uomo dietro al banco mi fa cenno di passarlo.

"Disculpe." Prego che Garrett non parli spagnolo. La sua stretta sulla mia spalla si fa più intensa. *"Tengo un problema..."*

Una vibrazione sale dal suo petto, bassa ma distinta. Un avvertimento.

Caccio giù le parole. E cosa diavolo sto facendo, comunque?

"Em...dónde está el baño?" Chiedo del bagno invece di spiegare il problema. E Garrett allenta la presa.

L'uomo indica verso il segnale *Damas*, dove si trova il bagno delle donne.

Annuisco. *"Gracias."*

Quando l'uomo restituisce i documenti, vado al bagno, Garrett alle calcagna.

"Esco subito," gli dico.

Una volta dentro, esploro le opzioni a mia disposizione. Come molti edifici messicani, la piccola struttura di cemento è costruita in modo semplice, con finestre senza scuri, aperte in alto, vicino al soffitto. Saranno strette, ma potrei essere capace di passare per la piccola apertura. Salgo in piedi sul water e mi tiro su, provando a scavalcare la finestra con la gamba. La presa non tiene e cado indietro, ansimante.

Andiamo Amber. Ce la puoi fare.

Un altro tentativo e riesco ad ancorarmi con la caviglia al bordo della finestra aperta. Il cuore martella dentro al petto a velocità supersonica mentre faccio scorrere piano la gamba fino al ginocchio, per poi far ruotare fuori anche l'altra. Spingo lentamente avanti il corpo, inclinandolo per passare attraverso lo stretto passaggio. Non ho idea di cosa ci sia fuori. Probabilmente una guardia di confine con una mitragliatrice in mano, convinto che io sia una criminale. Ma parlo spagnolo. Posso spiegare il mio caso. No, meglio non incriminare i lupi mannari. Dirò solo che non mi sento bene e che ho bisogno di un taxi che mi riporti a Tucson, o qualcosa del genere. Ci sarà qualcuno qui felice di prendere i miei soldi.

Mi scuoto e ruoto, spingendomi attraverso la finestra. Inspirando una boccata d'aria, premo la pancia contro allo stretto davanzale della finestra.

Una mano si stringe attorno alla mia caviglia e io lancio un grido, inarcandomi e sbattendo la testa contro il soffitto. Mi giro per vedere chi mi abbia afferrato, ma il mio corpo mi blocca la visuale. Cerco di liberarmi scalciando e per un momento quasi ci riesco, ma poi due mani mi stringono i fianchi e mi sollevano dal davanzale, tirandomi fuori.

Garrett. Solo un mutante è così forte.

Scivolo lungo il suo corpo sodo e muscoloso. Atterro sul pavimento e mi trovo davanti novanta chili di maschio contrariato. "Cosa ti ho detto riguardo allo scappare da un lupo?"

Ho i capezzoli duri per essermi strusciata contro il suo petto scivolando giù. Il suo odore mi attira, mi ricorda la notte che mi ha portata nel suo appartamento e mi ha fatto il sedere rosso a forza di sculacciate. Devo essere pazza, perché parte di me desidera che mi punisca ancora a quel modo. Inspiro tremante. "Valeva la pena tentare."

Lui inarca un sopracciglio, fa scivolare le braccia attorno ai miei fianchi e mi tira a sé, contro al suo corpo sodo.

Soffoco un gemito.

"Senti, so che sono uno stronzo a trascinarti quaggiù. So che hai paura. Ma non puoi scappare da me. Il mio lupo ti inseguirebbe e sarebbe pericoloso per te. E poi ho bisogno del tuo aiuto." Si passa le dita tra i capelli, lasciandoli spettinati.

Le sue emozioni sono palpabili per me. Non mi sono mai considerata una persona empatica oltre a chiaroveggente, ma con lui mi pare di esserlo. "I-io non so neanche dove stiamo andando."

Mi scosta una ciocca di capelli dagli occhi. "Andiamo a San Carlos, dove mia sorella è scomparsa questa mattina. È un lupo mannaro anche lei, ed è svanita nel nulla."

"Ma… chi può rapire un lupo mannaro?"

Garrett irrigidisce la mascella, ma poi inspira ed espira lentamente. "Non lo so. Ma dobbiamo trovarla. Presto."

L'immagine di un lupo terrorizzato sdraiato sul fianco, circondato da uomini mi scorre nella mente. Il sangue mi si ghiaccia nelle vene.

Garrett sta dicendo la verità.

~.~

Garrett

LANCIO LE CHIAVI A JARED. "GUIDA TU." Accompagno Amber al sedile posteriore e mi siedo accanto a lei.

Tiro fuori il telefono e apro la galleria delle foto, scorrendo le immagini fino a che ne trovo una di mia sorella. La mostro ad Amber. "Questa è Sedona. È uscita per andare a correre in spiaggia e non è più tornata."

Amber guarda la foto e si mordicchia un labbro. "Tu pensi che io sarò in grado di capire dove si trova?"

"Lo vedrai se trovi qualcosa? Qualsiasi cosa?"

Fissa il telefono, ma non sembra guardare la foto. Ha gli occhi vuoti.

Respingo una stoccata di frustrazione e aspetto.

Alla fine parla con voce tremante. "E se vedessi qualcosa che non vuoi sapere?"

"Cosa vedi?"

Amber guarda dietro di me, fuori dal finestrino, con espressione preoccupata.

"Che cosa?"

"Ho visto un lupo bianco, riverso sul fianco, sofferente. Circondato da uomini."

Il mio lupo quasi si libera dal mio controllo. Tutto il corpo vibra come prima di un'imminente mutazione. Il mio ringhio risuona nell'auto.

Sbatto le palpebre, ma quando mi giro a guardare Amber è quasi in braccio a Trey.

"Stai in silenzio, gli occhi bassi," le sussurra.

Perché cazzo è fra le sue braccia?

Allungo una mano e la trascino verso di me, facendola sedere sulle mie gambe. "Ho detto *non toccarla*." La mia voce è impastata con quella del lupo.

"L'hai spaventata, capo." Trey tiene gli occhi bassi, la voce calma e regolare. "Non opporti a lui," la avvisa, e mi rendo conto che la piccola umana si sta dimenando tra le mie braccia.

Allento la presa. "Scusa." Un'ultima inspirazione del suo caratteristico odore e la lascio tornare sul suo sedile.

Lei fa per sollevare lo sguardo, ma riabbassa subito gli

occhi, stando ferma come un coniglio che pensa che il falco sopra di lui non possa vederlo.

Rilasso la mano serrata a pugno e le accarezzo i capelli.

Lei non si muove. "Te l'ho detto. Nessuno vuole sapere le cose che vedo."

"No. Io sì." Sto per scusarmi di nuovo, quando sento l'odore delle sue lacrime. Il mio lupo piagnucola e si tira indietro. È quasi un sollievo non sentire il potere dell'animale che reclama la sua libertà. Mentre il mio cervello e la mia razionalità tornano alle loro piene facoltà, mi sento pervaso dall'affetto per questa dolce umana che ovviamente considera il suo dono una maledizione. Quanto ha sofferto per questa abilità. Il bisogno di proteggerla e prendermi cura di lei quasi supera il pericolo in cui si trova Sedona, situazione per la quale al momento non posso fare niente. Le metto delicatamente una mano sotto al mento e le sollevo la testa. "Hai visto tante cose che non avresti voluto vedere," dico, mantenendo la voce morbida e compassionevole.

I suoi occhi si riempiono di nuove lacrime. "Sì."

"Raccontami." Le passo una mano tra i capelli, facendo sprigionare di più il suo odore. Non voglio trascinarla tra ricordi spiacevoli, ma so che non condivide mai molto di sé con gli altri. Magari tirare fuori tutto le può essere di aiuto.

Amber scuote la testa e le si afflosciano le spalle. "Ogni genere di cosa. Lupi mannari, per cominciare." Le sue labbra si contorcono in una smorfia ironica.

"Sì, questo mi pare che l'abbiamo già detto."

"Ho visto la mia insegnante di inglese delle superiori che veniva picchiata dal marito. Un'amica che veniva stuprata. Vedo i traumi della gente, i loro peggiori segreti. È una cazzo di maledizione. Faccio il sogno ricorrente di un cucciolo in mezzo al sangue." Le lacrime le scendono dagli occhi. "E ogni volta che lo faccio, muore qualcuno. Prima mio padre.

Poi mia madre. Poi un assistente sociale. Quando ero piccola, pensavo di esserne io la causa."

Faccio scivolare un braccio attorno alle sue spalle e la stringo a me. "Mi spiace, tesoro. È terribile."

Lei tira su con il naso. "Sì. Vedo solo cose brutte…" Si libera dal mio abbraccio e mi fissa con occhi sgranati. È come se nella Range Rover non fosse rimasta aria.

"Pensi che sia cattivo?" le chiedo, i miei organi che diventano pietra.

Amber deglutisce e scruta il tatuaggio sulla mia mano.

Forse sono cattivo per lei. Cazzo. Il fatto che sa di noi la mette a rischio davanti agli altri membri del branco. Il fatto che il mio lupo la voglia marchiare con i suoi denti le fa correre il rischio di restare incatenata a me per il resto della vita, o peggio di morire per infezione o dissanguamento.

Ma io non permetterò che le succeda niente di male. A qualsiasi costo.

"Tu vedi dei segreti," le dico con fermezza. "Il mio è che sono un mutante. Non ti farò del male, piccola." Anche mentre parlo, dubito che mi crederà. L'ho costretta con le cattive a venire con me. L'ho minacciata per indurla a rompere il suo silenzio.

Il suo sguardo si sposta fuori dal finestrino, con espressione vuota.

Dannazione. Ho mandato tutto a puttane.

𝒢 *arrett*

ARRIVIAMO alla spiaggia al tramonto ed entriamo nel Condos Pilar, l'ammasso di edifici residenziali in affitto per le vacanze lungo la distesa bianca della spiaggia. Smonto dall'auto e vado a grandi passi alla porta del condomino dove alloggiava Sedona, senza stare a vedere se il resto del gruppo mi segue. Busso con forza alla porta e sento le voci dei giovani all'interno e uno scalpicciare di passi.

"Ehi, amico." Jason, il ragazzetto che ha chiamato, apre la porta. Gli altri giovani mi fissano con facce smunte. Li ho conosciuti tutti quando Sedona si è fermata a salutarmi prima di partire, ma figurarsi se ricordo i loro nomi. L'appartamento odora di crema solare, liquore e un odore acre che mi sa di nausea.

Trey, Jared e Amber arrivano dietro di me mentre il gruppo di studenti universitari mi si riunisce attorno. Ripetono le loro storie, ciascuna una variante di quello che ho già sentito: Sedona è andata a correre sulla spiaggia quella mattina e non è mai tornata. Nessuno ha visto niente o nessuno di minaccioso. Hanno parlato con la polizia e hanno sporto denuncia, ma dato che non sono ancora passate ventiquattr'ore dalla scomparsa non è stato fatto ancora nulla.

I pugni si serrano ai fianchi, il lupo infuria sotto alla superficie. Più parlano e più ho la sensazione di essere sul punto di saltare fuori dalla mia stessa pelle. Alla fine allungo una mano verso Amber. Il mio lupo la vuole vicina e io intendo dargli tutto quello che desidera per evitare che si tramuti e faccia a brandelli questo posto. I ragazzi sembrano già nervosi, tengono gli occhi sul pavimento, a volte li posano frettolosamente su di me e poi distolgono subito lo sguardo. Gli umani spesso non capiscono il dominio animale, ma i loro cervelli primitivi riconoscono un predatore quando ne vedono uno.

Amber si appoggia a me, il suo braccio che scivola attorno ai miei fianchi, stringendomi. È ancora pallidissima e si morde il labbro inferiore. L'ho spaventata portandola quaggiù e impedendole di fuggire. Ma eccola qui pronta a consolarmi. Il suo peso caldo contro il mio corpo mi aiuta a concentrarmi.

"Ok, sapete come possiamo affittare un posto per restare qui la notte?" chiedo. È quasi buio e muoio dalla voglia di tramutarmi e andare ad annusare tutta la spiaggia.

"A dire il vero noi pensavamo di tornare a casa stasera. Potremmo andare a sporgere denuncia alle autorità a Tucson. Quindi voi potreste stare qui."

In condizioni normali farei di tutto per non coinvolgere la polizia, ma in questo caso, non sapendo cosa sia successo a Sedona, voglio tutto l'aiuto possibile. Dovrei chiamare anche i miei, ma non voglio preoccupare mia madre, né voglio che mio padre inizi una guerra. Se riuscissi a trovare io Sedona, sarebbe meglio. Altrimenti li chiamerò domattina. "Mi sembra un buon piano. Grazie a tutti."

Nel giro di venti minuti, gli amici di Sedona se ne vanno. Noi ci sistemiamo nell'appartamento e i miei compagni di branco saccheggiano il frigorifero mangiando gli avanzi degli universitari.

"Andiamo ad annusare in spiaggia," dice Jared tirandosi via la maglietta.

Io fletto i muscoli; anche il mio corpo freme dal desiderio di tramutarsi. Anche se mi fido di Jared e Trey, il mio lupo non avrà pace fino a che non sarò andato ad annusare io stesso. Ma non posso lasciare Amber qui da sola. Non sono sicuro che se ne resterà al suo posto. Il tentativo di saltare dalla finestra del bagno al confine mi ha reso cauto.

"Portami il nastro isolante che c'è nel bagagliaio della Range Rover," ordino a Trey sottovoce. Lui inarca un sopracciglio come se mi pensasse fuori di testa, ma obbedisce.

Quando torna, prendo la mano di Amber e la accompagno verso il bagno.

Quando siamo dentro, lei si gira e mi chiede: "Tutto a posto?"

"Sì." Espiro profondamente. Non posso dimenticare che ci ha traditi, indipendentemente da quanto il mio lupo la desideri. "Senti, piccola. Devo andare a tramutarmi e ad annusare la spiaggia." La faccio ruotare e le blocco i polsi dietro alla schiena.

"Ma che diavolo… piantala!" grida, la voce pregna di vero panico.

"Piano, piano," le mormoro nell'orecchio. Anche se si tratta di una necessità, preferisco fare il seducente piuttosto che il violento. Ce l'ho duro come la roccia e ricordo quanto le è piaciuto farsi sottomettere ieri sera. Se riesco a mantenere le cose sul piano sexy, potrei cavarmela senza tirarmi addosso il suo odio per il resto delle nostre vite.

Lavoro rapidamente, avvolgendole il nastro isolante attorno ai polsi e sollevandola per i fianchi. "Con me sei al sicuro, avvocato. Non ti succederà niente di terribile. Ma dopo quel piccolo tentativo di fuga acrobatica al confine, non mi sento a mio agio a lasciarti qui da sola mentre io vado a setacciare la spiaggia."

La resistenza di Amber cede. Percepisco la sua confusione.

Le mordicchio un orecchio. "Fai la brava ragazza e prometto che quando torno ti darò una ricompensa, bambola. Ti terrò anche legata, se vuoi."

"Sadico…"

Interrompo la sua tirata con un bacio impetuoso.

Quando mi stacco dalla sua bocca, lei mi guarda frastornata, le labbra socchiuse. Stringendo i denti per trattenermi dall'allargarle quelle gambe e ricompensarla all'istante, la afferro, la faccio sedere su una sedia dallo schienale alto e la blocco lì mentre strappo un altro pezzo di nastro isolante. Piccoli sbuffi arrabbiati le escono dalle labbra.

Piccoli sbuffi sexy.

"Mi stai ringhiando contro, principessa?"

"Non chiamarmi così!"

"Cazzo se sei carina quando ti arrabbi." Le tengo fermi i polsi e la lego alla sedia.

"Lasciami andare, Garrett. Non è divertente."

Mi inginocchio ai suoi piedi e le divarico le gambe. Indossa i pantaloncini da yoga di stamattina e la sua eccitazione è passata attraverso la stoffa. Premo il viso tra le sue cosce, apro la bocca e mordicchio il suo sesso attraverso i pantaloncini.

Lei spinge il pube contro la mia bocca, emettendo il più

adorabile verso di insoddisfazione. "Sappiamo tutti e due che ti piace essere dominata, avvocato." Accarezzo lentamente la sua fessura con il pollice. "Mi farò perdonare al mio ritorno. Hai la mia parola."

È così bella, gli occhi sgranati, i capelli arruffati, le labbra carnose dischiuse. Il mio lupo balza in superficie e la mia vista si fissa su di lei. *Merda*. Mi sa che la voglio ancora marchiare. Lo voglio disperatamente.

È ora di andare.

Strappo un altro pezzo di nastro isolante e lo appiccico sulla sua bocca. "Scusa, dolcezza. Ma questo è l'unico modo in cui mi sento sicuro a lasciarti. Trey sarà in salotto se hai bisogno di qualcosa. Io torno presto. Non più di un paio d'ore."

"Lscm ndr!" ripete in un grido soffocato.

"Fai la brava." Le accarezzo i capelli, guardando le sue tette che ballano su e giù mentre si dimena. "Hai fame? Ti serve qualcosa prima che vada?"

Lei aggrotta la fronte e inarca le sopracciglia. "Mmm, mmm, mmm, mmm." Socchiude gli occhi e mi tira un calcio.

"No? Ok, piccola. Devi andare in bagno? Mi sa che dovevo chiedertelo prima di legarti. No? Va bene. Torno prestissimo."

Le piego la testa di lato e le mordicchio il collo. "Ti prego, non sfinirti lottando contro quel nastro."

Un altro grido furioso e non posso trattenermi dal chinarmi su di lei e baciarle le labbra, anche se attraverso il nastro adesivo. Lei cerca di darmi una testata.

Ridacchiando, cammino all'indietro e la guardo dall'alto in basso. Il suo petto è ansimante e ha le guance arrossate. È meravigliosa, cazzo. "Stai bene così," dico con tono biascicante, solo per vedere la sua rabbia e la sua frustrazione che le riaccendono gli occhi.

Lei si ferma e mi guarda torva. "Vffcuo." Pronuncia la parola chiaramente, meglio che può dietro al nastro adesivo.

"Ecco la mia brava ragazzaccia."

~.~

Amber

CHE SIA MESSO AGLI ATTI: *Comprerò il più grande schiaccianoci che esista.* Voglio proprio vedere quanto al signor Garrett Stronzolupo piace essere legato con uno strizzapalle d'argento stretto attorno alle gonadi.

Prima devo uscire da qui.

Tiro contro il nastro isolante per la millesima volta, ma quello non si sposta.

La porta si apre di schianto. Raddrizzo la schiena, pronta a un altro round con un lupo mannaro. Ma quando Garrett entra, la testa bassa, le spalle afflosciate, profonde rughe di preoccupazione sulla fronte, tutto l'impeto della lotta mi abbandona. Non mi serve una visione per capire che non ha trovato niente.

È senza maglietta. I suoi pettorali scolpiti, leggermente coperti da radi ricci marroni, spiccano in rilievo sopra alla tartaruga quadrettata da otto addominali e alla vita stretta. Nel momento in cui mi vede, la barra del suo enorme sesso preme contro la patta dei jeans. L'avevo notato anche quando mi ha legato. Il fatto che mi ecciti da matti mi fa arrabbiare ancora di più.

Faccio risuonare una tacita domanda, inarcando le sopracciglia.

"Niente." Scuote la testa. "Nessun segno di Sedona. Ci siamo tramutati tutti e tre, ma non ho trovato un solo odore. Probabilmente l'oceano ha lavato via tutto."

Produco un suono confortante. Sembra così abbattuto.

Mi leva il nastro dalla bocca e il bruciore mi aiuta a ricordare la rabbia.

"Ahi," dico bruscamente.

"Scusa." Mi toglie anche il nastro dal petto e dai polsi, a mani nude, strappandolo come se fosse carta velina.

"Ho delle cosette da dirti, amico."

"Ne sono certo, avvocato." Con sguardo stanco ma divertito, incrocia le braccia sul petto, assumendo una posa simile alla mia. Per qualche motivo, questo scaglia la mia irritazione in zona rossa.

"Buffo. Ti stai comportando come se mi rispettassi. Perché l'ultima volta che ho controllato, quando si parla di rispetto per una donna, non la si rapisce per portarla al di là del confine messicano." Assumo il ruolo di Amber l'Avvocato meglio che posso per trattenermi dall'urlare come una matta. "Ti rendi conto che questo è il peggior secondo appuntamento nella storia degli appuntamenti? Ed è tutto dire, perché il primo era stato epicamente, epicamente orrendo. E… cos'è quel sorrisino?"

"Il mio lupo pensa che tu sia adorabile quando sei arrabbiata. Ma stai attenta, piccolo avvocato. Sono davvero agitato adesso. E so esattamente cosa mi farebbe stare meglio."

"Cosa?"

"Caricarti in spalla, portarti sul letto e scoparti in ogni modo immaginabile da qui a domenica."

"È quasi domenica." La mia voce esce strozzata. Le mie parti femminili stanno esultando.

"No." Il sorriso di Garrett è animalesco. "Non questa domenica. La prossima. Sarebbe più di una settimana." Si china in avanti. "Cosa ti sembra come conclusione del nostro secondo appuntamento?"

"Questo non è un appuntamento."

"Lo so. Sei tu che l'hai chiamato così. Ti piace passare il tempo con me, avvocato?"

"Cosa? No, io…" Mi sento avvampare in viso. Maledico la mia libido che ha scelto questo momento per impennarsi.

Garrett si avvicina così tanto che sento la sua risatina nelle mutande. "Prometto che il nostro terzo appuntamento sarà epicamente migliore."

"Senti," dico alzando una mano e cercando di creare dello spazio tra noi. Il palmo si posa sul suo petto duro come la roccia, cosa che non aiuta per niente la mia concentrazione. "Tua sorella è scomparsa. Dobbiamo trovarla."

Il mio promemoria risucchia tutta l'energia dalla stanza. *Dannazione.* Alla faccia della ricompensa. Avrei dovuto lasciare che mi tenesse legata ancora un po'.

"Già." Garrett sospira e si affloscia. Sembra avere mille anni di più. "L'hai vista circondata da uomini, quindi non è annegata. Né si è persa. È sparita da dodici ore ormai. Nessun umano può averla presa: gli avrebbe squartato la gola. Quindi deve trattarsi di altri mutanti."

"Va bene. Mi hai portata qui perché ti aiutassi. Come posso aiutarti?"

Si passa le dita in mezzo ai capelli biondi spettinati. "Sul serio?"

Annuisco. Odio fare Amber la Pazza, ho paura di farla, ma non sono mai stata il tipo di persona che abbandona chi è nel bisogno. Se lui pensa che possa essere di aiuto, devo aiutare. Anche se tecnicamente mi ha rapita e legata con del nastro isolante.

"Il fatto è questo. Siamo al punto che dovrei chiamare mio padre. Ma se lui viene qui, porterà con sé cento lupi armati e raderà al suolo questa città e farà delle domande. Se tu riuscissi a trovare qualche informazione in più prima che io debba chiamarlo, questo eviterebbe che venga fatto del male a dei lupi, in particolare a Sedona."

"Ma io non so come usare le visioni. Mi vengono e basta."

Garrett mi prende una mano e ne accarezza il dorso con il pollice. "Ci puoi provare?"

"Ok," sussurro.

Cacchio. Non sono per niente pronta ad abbracciare questa parte di me. Soprattutto con questa gente nei paraggi – *lupi* – che conosco a malapena.

Solo che Garrett non mi sembra un estraneo. Per niente. E non mi fa neanche sentire una pazza. Magari ce la posso fare.

Almeno posso provarci.

~.~

Garrett

"ALLORA, chi pensi che abbia preso Sedona?" chiede Jared mentre sediamo al tavolo mangiando i tacos al pesce comprati da lui e Trey. È tardi, ma nessuno riesce a dormire. "Hai visto com'erano nella tua, ehm, visione, o qualunque cosa sia?"

Amber scuote la testa. Sta appoggiata al banco della cucina, mangiando in piedi. Sta ancora mettendo della distanza tra noi. È una buona idea, ma vorrei tirarla qui e farla sedere sulle mie gambe, imboccandola con le dita.

"Erano lupi?" Trey gira il collo per guardarla.

Lei aggrotta la fronte. "No, erano uomini. Oh." Fa una pausa. "Beh, come potrei saperlo? C'è un segnale rivelatore o qualcosa del genere?"

"Gli occhi. Cambiavano colore o brillavano?"

Scuote la testa pensierosa. "Non me lo ricordo."

"Puoi ripetere la visione?"

"Non è un film a noleggio. Mi vengono e basta."

"Non le controlli per niente?"

Lancio a Trey un'occhiataccia per farlo tacere.

"No," risponde lei bruscamente. "Non è così che funzionano."

"Beh, bella merda," borbotta Trey.

Ringhio e lui si ricompone, assumendo un'espressione più amichevole.

"Sentite, ci sto provando." Amber posa la cena e si gira verso il lavandino. Passa circa un minuto a lavarsi le mani, poi prende un tovagliolo di carta e inizia a pulire il bancone.

"Ehi." Mi alzo dalla mia sedia e mi avvicino. Non voglio importunarla, ma lei comunque mette giù il panno di carta e si allontana. "Stiamo solo cercando di capire la sensitività."

Si irrigidisce alla parola *sensitività*. "Tu non capisci. Ho passato tutta la vita a reprimere queste mie visioni."

"È per questo che ti vengono i mal di testa?"

Alza e riabbassa le spalle.

"Hai mai provato a lasciarle accadere e basta?"

"Non posso."

Inclino la testa di lato.

"Non ci ho mai provato," si corregge. "Ho paura che possano prendere il sopravvento sulla mia vita."

"Ok. Posso provare una cosa?"

"Tipo cosa?" Mi guarda sospettosa. Si fidava di me, contro ogni suo miglior giudizio. Ma io ho rovinato tutto. E la distanza tra noi… colpa mia.

"Adesso ti tocco," mormoro.

Dietro di me Jared si schiarisce la gola.

"Per favore," aggiungo.

Una piccola esitazione, poi Amber annuisce.

"Respira. Rilassati."

Metto una mano sui suoi occhi. "Chiudi gli occhi." Le sue ciglia sfarfallano contro il mio palmo. "Sintonizzati. Umani o lupi?"

Lei resta in silenzio per così tanto tempo che quasi rinuncio alla speranza di avere una risposta. Il calore del suo corpo, così vicino al mio, mi fa indurire l'uccello. Inalo il suo odore, sapendo che dovrei tirarmi indietro, levarle le mani di dosso se voglio mantenere il controllo.

"Lupi," dice alla fine.

Mi costringo a fare un passo indietro. "Lo sapevo."

"Cosa pensi vogliano da lei?" chiede Jared. Lui e Trey si alzano in piedi.

Mi passo le dita tra i capelli. "Probabilmente fare razza."

Amber sembra scioccata, quindi mi spiego. "Molti mutanti considerano la nostra specie in pericolo di estinzione. Il nostro DNA è stato diluito troppo con i geni umani. Accoppiarsi con un umano è considerato un peccato contro la nostra specie. Ma questo significa che nelle comunità più piccole adesso c'è il problema dell'accoppiamento tra consanguinei."

"Cosa succede quando si accoppiano con un umano?" chiede Amber.

"Di questi tempi, producono bambini umani." Incrocio il suo sguardo intelligente. Sta pensando a quello che potrebbe succedere se continuassimo lungo la straca che abbiamo imboccato? Questa dannata danza dell'attrazione? "Progenie che non si ammala mai o guarisce rapidamente, ma pur sempre umani, non lupi."

"Non possono tramutarsi?"

"Esatto. Cioè, ci sono mezzosangue che si tramutano, non è una cosa impensabile. C'è una pantera a Tucson che non si è mai tramutata fino a che non è rimasta incinta del cucciolo di un lupo mutante. Ma è una cosa rara."

"Quindi dici che trovano una lupa che non è parte del loro branco, e la prendono per fare razza?" La voce di Amber si fa più dura e io ho un assaggio di quello che deve essere quando sta combattendo una sua crociata.

Scommetto che in tribunale è una meraviglia, cazzo. Mi viene duro solo a pensarla con uno dei suoi completi che le calzano perfettamente, mentre cammina per il tribunale con i suoi tacchi alti, stordendo ogni maschio presente con quei suoi polpacci perfettamente torniti, con quella sua mente scaltra.

"Penso sia possibile, sì. È una femmina alfa, ed è abbastanza giovane da poter avere un sacco di cuccioli."

Amber deglutisce e sembra un po' nauseata. "Dobbiamo riprenderla."

"Sì." Mi si stringe lo stomaco. "Presto. Prima che inizino…" Non riesco a finire la frase. Stringo i pugni. Prenderei a cazzotti qualcuno. Il mio lupo vuole sfogarsi. Io voglio spaccare tutto quello che vedo. Se Amber non fosse qui, probabilmente l'avrei già fatto.

"Allora, cosa facciamo?" chiede, il mento alto come se fosse pronta a tutto. Quello che dobbiamo fare non le piacerà.

"Non abbiamo piste, Amber. Nessun odore. Non abbiamo nient'altro che la tua visione. Giochiamo a *Twenty Questions* con te e vediamo cosa riesci a intuire."

Lei affloscia le spalle. La posa trasuda dubbio. Faccio un passo avanti in modo che i miei due compagni di branco non possano guardarla e le prendo il mento con una mano. "Puoi farcela, Amber. Il tuo dono è fatto per essere usato."

"E se mi sbaglio? O se non riesco a vedere nulla?"

"Sempre più informazioni di quelle che abbiamo adesso."

"Tu sei pazzo," mormora, ma va al divano e si siede, piegando le gambe sotto al corpo e chiudendo gli occhi. "Vai."

Trey ha il portatile aperto. "Qui dice che i sensitivi possono essere chiarosenzienti, chiaroveggenti, chiaroudenti e chiarocoscienti. Quale pensi di essere tu, Amber?"

"Chiaroveggente. Vedo le cose... di solito non sento. Magari chiarosenziente: a volte sento cose come le emozioni. Soprattutto le sue." Sposta il suo sguardo su di me.

"G, hai qualcosa di Sedona?" chiede Trey. "Dice che i sensitivi della polizia tengono un oggetto che è appartenuto alla vittima o alla persona scomparsa per dare il via all'intuizione."

Vado nella stanza in cui stava Sedona e prendo uno dei suoi top dalla sua valigia. Lo porgo ad Amber. "Questo è di Sedona."

"Tentare non nuoce, credo," mormora lei, prendendo la maglietta e tenendola con entrambe le mani. Chiude gli occhi.

"Dov'è Sedona adesso?"

Amber siede perfettamente immobile mentre tre paia di occhi la fissano in silenzio. I minuti passano. Espira con forza, come se avesse trattenuto l'aria. "Non lo so," dice alla fine.

"È ancora a San Carlos?"

Un'altra lunga pausa e poi Amber scuote la testa. "Mi spiace."

"Puoi risalire al nome di uno degli uomini che l'hanno presa?"

L'agitazione irradia dalla mia piccola umana, ma lei

strizza di nuovo gli occhi. "La... Luh... Lobo." I suoi occhi si riaprono di scatto. "Oh, che scemenza. È solo *lupo* in spagnolo."

"No, può darsi che tu abbia trovato qualcosa. Potrebbe essere il cognome di una famiglia di lupi."

"Tuo padre potrebbe avere dei contatti con alcuni dei branchi quaggiù," dice Jared con voce sommessa.

Espiro. Speravo di trovare mia sorella velocemente, senza dover coinvolgere mio padre. "Prima facciamo delle indagini. Abbiamo bisogno di una pista." Conosco mio padre. Verrebbe qui con tutti i lupi guerrieri del suo branco, magari anche di altri branchi che gli devono dei favori. Sarebbe una guerra. Lo stomaco mi dice che ne pagherebbe le conseguenze Sedona.

Dobbiamo trovare più informazioni. "Trey? Puoi vedere se Kylie ci può aiutare con la ricerca?"

Una delle mutanti di Tucson – la pantera accoppiatasi con un lupo – è un genio dell'informatica. Può hackerare qualsiasi sistema al mondo per trovare informazioni.

"Faccio subito," risponde Trey.

"È in una casa al momento? Fuori? È in forma di lupo o umana?" chiede Jared.

Il volto di Amber si contorce e lei scuote la testa. "Mi spiace ragazzi. Non lo so proprio." Sembra pallida ed esausta. Il mio lupo mugola, odia il suo disagio.

"Ok," dico. "Amber, perché non ti riposi un po'? È stata una lunga giornata. Ci riproviamo domani mattina."

"No, sono a posto. Posso continuare. Fammi un'altra domanda."

"Amber." La mia voce inizia ad assumere un tono da alfa. Jared incrocia il mio sguardo e io mi ammansisco. "Va bene. Ancora una."

"Che passo dovremmo fare adesso per trovarla?" chiede

Jared.

"Uhm, domanda interessante." Amber chiude gli occhi di nuovo mentre Trey esce a chiamare Kylie. Io faccio segno a Jared di seguirlo.

Mi risiedo e aspetto in silenzio; fuori si sente il rumore delle onde che si infrangono sulla spiaggia, come una ninna nanna che allenta la tensione nella stanza. Amber sospira debolmente. Si è addormentata.

Per quanto il mio stomaco sia attorcigliato, per quanto io voglia trovare Sedona, non posso sopportare l'idea di svegliarla. La sollevo con attenzione. Le palpebre vibrano, ma non apre gli occhi. Le labbra si muovono, ma non riesco a cogliere quello che dice.

"Cosa?"

Lei corruga la fronte e scuote la testa. "Non lo so."

"Sì, lo sai. Lo sai," le assicuro, portandola in camera da letto. Come può essere arrivata a questo punto senza che nessuno le dicesse quanto è realmente potente e speciale il suo talento? Un dono, non la maledizione che pensa lei.

Scosto le coperte e la poso sul letto. La mia piccola scatenata sembra così fragile addormentata, la linea tra le sopracciglia corrugata per la preoccupazione. Il mio lupo è più tranquillo ora, e non posso fare a meno di sfiorarla con un bacio su quella piccola linea. Se fosse la mia compagna, farei ogni cosa in mio potere per assicurarmi che non si debba mai più preoccupare di nulla.

~.~

Amber

.   .   .

MI SVEGLIO e mi ritrovo in camera sul letto; Garrett siede su una sedia, col mento posato sulle mani e gli occhi fissi su di me.

"Per quanto ho dormito?" chiedo con voce roca.

"Un'ora. Mal di testa?"

"No. Stai sorvegliando la prigioniera?" mormoro, mettendomi a sedere e strofinandomi gli occhi. Allungo le braccia sopra alla testa e inarco la schiena. La prima rovente attrazione è stata un caso?

No. Spio con discrezione una cosa che inizia con C e che sta diventando lunga e dura dentro ai suoi jeans.

"Prendi sul serio questo rapimento." Non dovrei stuzzicare l'orso… il lupo… ma non posso farne a meno. Sembra così bello con il suo sguardo tenebroso e i capelli spettinati.

"Avrei potuto legarti di nuovo." La sua voce è più profonda del solito, gli occhi ardenti.

Sento una stretta in mezzo alle gambe, ma tengo il volto impassibile. Non serve fargli sapere quanto è bravo a fare il suo gioco.

Le sue narici si dilatano, i suoi occhi diventano d'argento e lo vedo annusare l'aria. "Sei prossima all'ovulazione."

"Cosa?" Mi tiro su le coperte. Grazie al cielo sono ancora del tutto vestita.

"Il tuo ciclo va con la luna. Non succede a tante donne, oggigiorno."

Guardo la finestra, dove le tende incorniciano una perfetta luna piena.

"Due giorni," risponde alla mia tacita domanda. Il suo sguardo penetrante mi fa tirare su le coperte fin sotto al mento.

Quindi, cosa succede con la luna piena?

Vado a caccia.

"Cosa significa per te?" chiedo.

"Può darsi che ti debba rinchiudere per tenerti al sicuro." I suoi occhi luccicanti gridano *grosso lupo cattivo*.

"Lo hai già fatto."

"Intendo dire, rinchiuderti lontano da me."

Il desiderio mi scorre dentro. Garrett si china in avanti, le mani premute una contro l'altra, i tatuaggi scoperti.

È una minaccia, ricordo a me stessa. *Ti ha rapita. Ti ha legata.*

Una pulsazione mi cresce tra le gambe. Sarebbe così facile tirare giù le coperte e allargarle. Trastullarmi un po'. Vedere quanto ci mette a perdere il controllo.

No, no, no. Ragazzaccia.

Questo tizio è tutte le mie peggiori decisioni impacchettate insieme. E se non mi libero presto dal desiderio, potrei finire per fare il peggiore sbaglio della mia vita.

Qualcuno bussa alla porta della camera.

"Ehi, capo?" lo chiama Jared.

"Sì." Garrett scuote rapidamente la testa e si alza dalla sedia. Va alla porta con passo agile, silenzioso come un lupo. Come un predatore.

"Ho sentito Kylie. Ha mandato un elenco di persone che hanno 'Lobo' come cognome qui in zona, e poi in tutto il Messico. Ce n'è uno qua vicino. Andiamo lì a dare un'annusata."

"Grazie ragazzi," dice Garrett. "Io resto qui a lavorare con il cervello di Amber."

Mi mordo il labbro e i due compagni di Garrett se ne vanno. C'è una donna scomparsa. Qualsiasi cosa io e Garrett proviamo reciprocamente l'una per l'altro può aspettare.

Trenta minuti dopo sto camminando avanti e indietro in salotto, le mani strette in due pugni. "Non lo so. Non lo so proprio. Vorrei poterti aiutare, ma non ci riesco."

"Rilassati. Sei troppo agitata. Stenditi sul divano e chiudi gli occhi."

Lo stomaco mi si attorciglia in un doppio nodo. "Non posso, Garrett. Non sta funzionando. Non riuscirò ad aiutarti. Devi trovare un altro modo."

"Sta funzionando. Ha funzionato. Ti sto solo chiedendo di riprovarci."

"Per l'amore del cielo, non ci riesco," dico con tono brusco, poi chiudo la bocca quando vedo il dolore sul suo volto. Mi costringo a espirare. "Scusa, ma mi stai innervosendo. Quest'esperienza è molto intensa."

"Lo so. Per questo volevo che ti sedessi. Devi rilassarti. O scopri come farlo tu da sola, oppure ti aiuto io."

Come scusa? Ruoto su me stessa, le mani ai fianchi. "Mi aiuti tu? Come pensi esattamente di..." Smetto di parlare vedendo Garrett che viene verso di me sfilandosi la maglietta dalla testa.

Arretro, anche se le ovaie accendono i motori avanti tutta.

Sei prossima all'ovulazione. E chi lo dice? Un lupo mannaro, suppongo.

"Co-cosa stai facendo?"

Le sue labbra si piegano in un sorriso ironico. "Io so cosa mi aiuta a rilassarmi..."

"Oh no." Scatto di lato per evitare la sua presa.

Si muove in maniera spaventosamente veloce per un uomo della sua stazza, e mi prende per la vita, facendomi ruotare mentre io scalcio senza risultato. "Cosa ti ho detto riguardo allo scappare da un lupo?" ringhia, il suo fiato caldo contro il mio orecchio.

"Piantala! Mettimi..." Annaspo quando mi fa strusciare la cucitura dei pantaloni da yoga contro al clitoride. Sento gli spasmi del desiderio in mezzo alle gambe.

"Sai che lo vuoi." La vibrazione delle sue parole riverbera

dal suo petto e arriva al mio sesso. "Sai dalla prima notte che ci siamo incontrati che è inevitabile."

Piego indietro la testa appoggiandomi a lui. "No, non è vero," mento, e una risatina mi sfugge dalla gola mentre mi dimeno. Non so neanche perché sto lottando contro di lui, se non forse per l'indignazione nei confronti della sua presuntuosa sicurezza.

"Oh, sì invece. Pensi che non senta l'odore della tua fica ogni volta che si bagna per me?"

Mi fermo e rifletto. Quante volte mi sono bagnata per lui dal giorno che ci siamo conosciuti? E lui se n'è accorto? *Ogni singola volta?* Oddio.

Chiudo la bocca e gemo mentre lui continua a solleticarmi in mezzo alle gambe con la sua mano rude attraverso i pantaloni da yoga.

"Puoi continuare a mentire a me e a te stessa, ma questo tuo corpicino reattivo dice sempre la verità." Riesce a bloccarmi contro il suo petto e a far scivolare una mano sotto la mia maglietta. Mi prende un seno nel palmo e stringe.

Mi inarco lanciando un grido di piacere.

Lui pizzica con le dita il bocciolo turgido del mio capezzolo e lo ruota, mentre le dita dell'altra mano continuano a premere contro il mio clitoride, facendoci strusciare contro la cucitura dei pantaloni. "Pensi che non mi sia accorto di tutte le volte che questi piccoli capezzoli sono diventati duri, o del modo in cui i tuoi occhi si dilatano quando pensi a quello che succederebbe se... no, *quando* il grosso lupo cattivo ti farà finalmente sua?"

Il mio primo mini-orgasmo mi sfreccia dentro, un fremito che lui di certo sente. Alla faccia del fare finta di non volerlo.

Garrett piega il ginocchio e lo solleva tra le mie gambe, sostenendo il mio peso mentre si muove, liberando entrambe le mani e afferrando l'elastico dei miei pantaloncini.

"Non farlo," dico con voce gracchiante, un suono molto più lascivo che serio.

"Dimmi di sì," mi mormora nell'orecchio.

"Io non… non…" gemo per il piacere puro che si sta scatenando nelle mie zone erogene.

"Ne hai bisogno."

Fa scivolare il palmo della mano in mezzo alle mie gambe e stringe le dita attorno al monte di Venere. Ho una scossa nel momento in cui le sue dita sensuali toccano il mio sesso bagnato e porto una mano indietro, stringendola dietro al suo collo.

Lui rallenta, piegandomi indietro sul suo ginocchio e facendo scorrere un dito su e giù lungo la mia fessura desiderosa. "Dimmi di sì," mormora. Mi morde un orecchio. "E ti faccio venire."

"Mi *fai* venire?"

Nessuno mi fa venire. Io vengo quando… i miei occhi ruotano indietro quando il suo grosso dito separa le mie labbra ed esplora le mie pieghe interne. Cristo, il suo indice è grosso come il membro di certi uomini. Lo voglio dentro di me.

Come se mi leggesse nel pensiero, lo fa scivolare dentro, prima da solo e poi insieme al dito medio, riempiendomi e dilatandomi, massaggiando l'interno del mio sesso voglioso.

Io mi tengo aggrappata al suo collo, dimenandomi come una gatta in calore, ma a lui non sembra importare.

"Proprio così, principessa. Ti *faccio* venire." Toglie di colpo le dita e tamburella leggermente sul mio clitoride. "O vuoi che ti lasci così agitata?"

"P-posso finire da sola." Tecnicamente è vero. Anche se non sarebbe soddisfacente neanche la metà.

Lui abbassa il ginocchio e mi lascia scendere in piedi sul pavimento.

"Sì," dico frettolosamente, tutto l'orgoglio che si dissolve quando mi trovo di fronte alla mancanza delle sue mani sensuali sul mio corpo. "Ho detto di *sì*."

Lui ride e mi risolleva. "Brava ragazza," mormora nel mio orecchio mentre mi porta in camera e mi lancia sul letto come una bambola di pezza.

Mi alzo sui gomiti, guardandolo strisciare su di me, il suo sesso che preme contro i jeans, la sua espressione vorace. "Ti farò venire così forte da farti gridare."

Un po' arrogante? Ma forse ha motivo di esserne così sicuro. Un uomo – o lupo – con il suo aspetto probabilmente ha un sacco di ragazze che gli si gettano regolarmente ai piedi.

Afferra i pantaloncini da entrambi i lati e li tira giù, strappandomi di dosso anche le mutandine e gettandosi poi il tutto alle spalle. Mi afferra le ginocchia e le allarga, piegandole verso l'alto, aprendomi davanti a lui. "Ti avevo promesso una ricompensa."

Sussulto, scioccata dalla mia vulnerabilità, dal sentire le mie parti più intime presentate così in bella mostra a una sua ispezione ravvicinata e attenta. Lui posa il polpastrello del pollice sul mio clitoride, lo tiene fermo lì, come se sapesse che ho bisogno di un momento per calmarmi e abituarmi al suo tocco.

"Intreccia le dita dietro alla testa."

Lo fisso, col cervello lento a elaborare le sue parole. Quando lo vedo inarcare serio un sopracciglio, costringo la mia mente a ripetermi quello che ha detto e allontano le mani. La nuova posizione accentua il mio senso di esposizione, ma me ne dimentico subito quando Garrett porta la punta della sua lingua sulla fessura tra le mie labbra, dividendole e scorrendo l'interno di ogni piega prima di farla ruotare attorno al mio clitoride. Già in fiamme, sussulto al contatto e ho un fremito.

Lui mi tiene giù il bacino con la sua grande mano e mi penetra con la lingua, mentre il pollice torna sul mio clitoride gonfio e lo fa vibrare delicatamente.

Mi si strozza il fiato in gola e lancio un grido, le mani che volano davanti per spingere via la sua testa, sopraffatta dalla sensazione troppo intensa.

"Uh uh," mi rimprovera lui, interrompendo bruscamente il lavoro. "Cosa ti ho detto sulle mani?"

"Scusa," piagnucolo, desiderando disperatamente che vada avanti. Tanto quanto prima volevo disperatamente che si fermasse.

Lui piega le ginocchia sotto di sé e vi si siede sopra, afferrandomi le caviglie e sollevandole in aria.

"Cosa stai… oh!"

Garrett passa entrambe le caviglie in una mano e mi assesta uno schiaffo sul sedere con quella libera. Forte. Strofina la natica per alleviare il dolore e poi mi schiaffeggia ancora. E ancora. Non sono sculacciate delicate e leggere, ma forti e ben calibrate, che colpiscono anche le labbra rigonfie ed esposte del mio sesso ogni volta che calano, il palmo che si risolleva bagnato dai miei succhi. Il fuoco che mi accende dentro supera il bruciore della pelle. Viene da dentro me, si irradia nel mio sesso.

Lo stesso, lotto contro di lui, scalcio, anche se riesco a malapena a muovere le gambe nella sua stretta.

È orribile e incredibile allo stesso tempo. Sono indifesa, ma per una volta in vita mia non sto lottando per avere il controllo. Glielo lascio tenere. Gli permetto di punirmi, perché so cosa verrà poi.

Il piacere.

Piacere puro e genuino.

"Le ragazzine che disobbediscono vengono punite, vero bambola?" La sua voce trasuda sesso puro e io gemo in risposta. "Cosa devi dire, angelo?"

"Sì, signore." Non so neanche cosa me lo faccia dire. Non guardo mica porno sadomaso né sono esperta di sculacciate. Le parole mi escono dalla bocca e basta.

Lui ringhia e i suoi occhi diventano d'argento. "Oh, piccola. Me lo fai venire più duro della roccia."

Mentre mi dimeno e mi contorco sotto ai colpi della sua mano, mi sento improvvisamente bramosa di aiutarlo con quel suo membro duro-come-la-roccia. Quanto me ne starebbe in bocca?

Lui smette di sculacciarmi e io mi lascio sfuggire un debole e sommesso gemito. Garrett mi solleva le caviglie ancora più in alto e pianta un bacio su ciascuna delle mie natiche doloranti prima di riabbassarmi giù.

Appoggio le mani sotto di me, infilandole sotto alle natiche calde e formicolanti, ancora ansimante per la punizione ricevuta. Di comune accordo, le mie ginocchia si aprono e il mio pube si solleva offrendosi.

Lui ride. "Cosa intendiamo fare con queste mani?"

Le tiro subito via, col sedere che mi manda una pulsazione che vale da promemoria di ciò che succede quando disobbedisco. Contemporaneamente, ne voglio ancora e non ne voglio più. "Chiedo scusa, signore."

~.~

Garrett

. . .

OH NO.

Mi ha appena richiamato *signore*? Dio del cielo, sta mettendo alla prova il mio autocontrollo.

Ho il cazzo che spinge contro alla stoffa dei jeans, dolorosamente duro e bramoso di piantarsi dentro ad Amber. Ma non intendo farlo. No, questo è per lei. Le devo il suo piacere. E poi non mi fido di me stesso.

"Sono tentato di legarti, visto che fai fatica a seguire le direttive, ma non mi va di beccarmi un calcio nelle palle, cosa che sospetto accadrebbe se ci riprovassi."

Lei mi risponde con una breve risata. "Stavo proprio pensando di procurarmi uno schiaccianoci d'argento."

Mi abbasso e torno al mio piacere di prima, gustando il suo meraviglioso sesso. La lecco dentro, mordo le sue labbra con i denti. "Bambola, hai un sapore delizioso."

Lei ha un sussulto. "Oh Dio!"

Sollevo le labbra vicino al clitoride e faccio scattare la lingua, poi succhio il piccolo bocciolo fino a che le sue gambe non si stringono attorno alla mia testa e il suo respiro affannato suona disperato. Le infilo dentro due dita e le faccio ruotare nel suo canale zuppo, accarezzando le pareti interne. Trovo il suo punto G, lo stuzzico, sentendo i tessuti che si induriscono sotto ai polpastrelli, mentre la sua voce diventa roca.

Mi lecco il pollice dell'altra mano per lubrificarlo e lo muovo tra le natiche, alla ricerca della sua rosellina. Il suo bacino si solleva di scatto dal letto, ma io seguo i suoi movimenti, disegnando un cerchio attorno al suo anello di muscoli, premendoci dentro.

"Aspetta… cosa? Oh, Dio," squittisce.

Spingo il pollice dentro e fuori dal suo culo mentre continuo ad accarezzare il punto G. Non smetto di scoparla, riempiendole entrambi i buchi, chiedendole sempre di più. La mia vista si è fatta fissa, il mio lupo sta ringhiando, ma che sia dannato se gli concederò un solo briciolo di libertà. Qui non si tratta di infilare il mio cazzo tra le gambe di un'umana sexy, neanche una a cui il mio lupo si è attaccato. Lotto contro l'impulso di mettere l'uccello al posto delle dita, di sbatterla fino a che non crolleremo entrambi.

Amber è già vicina, vicinissima.

"Vieni per me, piccola," ringhio. "Vienimi sulle dita, adesso."

Dura solo tre secondi di più. Esplode, gridando come le avevo promesso, scuotendosi e scalciando, i muscoli interni che si stringono in rapidi spasmi attorno alle mie dita, mentre si lascia andare alla più fantastica dimostrazione di orgasmo che abbia mai visto.

Continuo a pompare con le dita fino a farla accasciare inerme, poi le tiro fuori e pianto un bacio sulle labbra gonfie della sua dolce fica. "Torno subito." Mi alzo in piedi e vado in bagno per lavarmi e riprendere il controllo sul mio lupo.

Questo era per Amber. *Non* per me.

Ma al mio lupo non gliene frega proprio niente della mia decisione di non rivendicare Amber come mia. È incazzato perché ho ancora l'uccello duro e una femmina non marchiata.

Mi sforzo di pensare a Sedona e, dopo un paio di respiri, il lupo si tira indietro. Ho voluto rilassare Amber in modo che possa aiutare Sedona. Non avevo intenzione di accoppiarmi con lei.

Una volta riacquistata la calma, torno in camera e scopro che non si è mossa, le gambe ancora divaricate, le braccia distese ai lati. I capelli scompigliati e le guance arrossate le danno l'aspetto di una che è stata scopata alla grande. *Da me.* Il mio lupo si liscia il pelo e se la tira. Le salto sopra e le bacio il collo, sistemandomi poi accanto a lei.

"E tu?" mi chiede lei con voce roca.

"Non penso che tu sia pronta per l'uccello di un lupo," dico scherzando, sperando di aver ben celato la mia smorfia di dolore. Penso davvero di poter morire se non la scoperò presto come si deve. Ma Amber non mi appartiene. Non ho in programma di accoppiarmi con femmine, soprattutto umane. Ma dannazione, non sono sicuro di potermi limitare a cincischiare con lei. Non con il mio lupo che mi ulula dietro di marchiarla.

"No?" Mette il broncio. È adorabile. La sua armatura è caduta e ora posso vedere la vera Amber prima nascosta là dietro. La Amber dolce, delicata, angelica. E santo cielo, se non sto attento le farò male, nonostante tutte le mie migliori intenzioni. Devo dirle che non possiamo farlo. Ora.

Lei si mette carponi e striscia verso di me. È proprio una mossa da schiava del sesso e quasi svengo solo a guardarla. Mi apre la patta dei jeans.

Afferro le sue mani per fermarla, ma è troppo tardi. Lei porta quella sua bocca sensuale e calda sul mio cazzo e lo mordicchia attraverso la stoffa dei boxer.

"Merda." La afferro per i capelli e le tengo la bocca ferma con una mano, tirando fuori l'uccello con l'altra.

Lei apre le labbra.

Ah, santo cielo, non dovrei. Non dovrei proprio. Ma non sembro capace di fermarmi. Affondo nella sua bocca, colpendole la gola e facendola annaspare. Tiro subito indietro, scioccato da quanto sono stronzo. "Ti ho detto che non puoi gestire il cazzo di un lupo," le dico, ma la voce esce strozzata.

"Sul serio?" Già, la mia ragazzina adora le sfide, perché torna immediatamente sul mio uccello, succhiandolo con forza, le guance che a intermittenza si stringono e gonfiano. Tiene stretta la base e muove la mano su e giù in movimenti sincronizzati con la bocca, così sembra che me lo stia divorando in tutta la sua lunghezza.

La mia vista si fissa. I denti si allungano per marchiarla. Copio la scena che le ho fatto fare prima e mi intreccio le dita dietro alla testa. Non la posso toccare, altrimenti giuro che la butto giù e la scopo fino alla fine. È così fottutamente sexy, quelle labbra carnose tese attorno al mio sesso pulsante, gli occhi fissi sul mio volto come una perfetta sottomessa.

"Santo cielo, Amber. Non dirò più che non sei capace di gestire l'uccello di un lupo," dico con voce strozzata. Voglio prenderle la testa e farla andare più veloce, ma mi trattengo.

Non si tocca.

Non toccarla se vuoi tenerla al sicuro.

Lei prende velocità da sola, probabilmente accorgendosi di quanto sono vicino all'apice dal modo in cui mi tremano le cosce.

"Cazzo, bambola, sto per venire," ringhio. Faccio per tirarlo fuori dalla sua bocca, ma lei non me lo permette. Mi tiene l'uccello più stretto nel suo piccolo pugno e succhia con impeto.

Le luci esplodono dietro ai miei occhi. Grido, e il suono è più animale che umano. Le vengo dentro alla bocca e lei succhia tutto, manda giù.

Allentando la presa, mi concede pochi preziosi secondi per staccarmi da lei. Per trattenermi dal rivendicare quella sua fighetta sexy da qui all'eternità.

Mi allontano e avanzo fino a che colpisco la porta, dove mi infilo di nuovo l'uccello nei pantaloni e tiro su la cerniera. Mi costringo a restare rivolto verso la porta, come un bambino in castigo. Nonostante l' orgasmo ho le carni ancora in fiamme, i denti ancora pronti. Mi concentro per rallentare il respiro. Posso farcela. Sono un lupo alfa. Se non ho l'autodisciplina necessaria a dominare la mia bestia, non merito la posizione.

"Senti, Amber," dico con voce strozzata. "Quello che stiamo… quello che abbiamo appena fatto…"

"No, lo so," mi interrompe lei, alzandosi e iniziando a infilarsi i vestiti. "Era solo per rilassarmi." Oso voltarmi e vedo la delicata felicità svanire dal suo volto. La mia vista si fa più nitida. I denti tornano normali.

"Non possiamo permetterci una cosa a lungo termine." Le parole sono pesanti sulla mia lingua. "Gli umani e… non funzioniamo a tempo indeterminato. Credimi, piccola, ti voglio. Ti voglio così tanto che fa male." Stringo il mio sesso sotto ai jeans per enfatizzare il punto. "Ma non posso farlo."

"Hai detto la tua," replica lei rigidamente. "Smetterò di vederlo come un secondo appuntamento."

Un peso terribile cala sul mio petto. "No, non è un appuntamento, decisamente. Non è che io rapisca e leghi con il nastro isolante qualsiasi ragazza." Cerco di fare dell'umorismo, ma poi mi incupisco subito. "Voglio che tu sappia che non faccio questo," indico il letto con una mano "con indifferenza."

"Sì, certo. Scommetto che tutte quelle ragazze al club si gettano ai tuoi piedi."

Ho appena percepito una nota di gelosia? Il mio ego ha un momento di tripudio. "Io no," ringhio.

Mi volta le spalle mentre si infila di nuovo i pantaloncini da yoga.

Merda. L'ho ferita. Ho decisamente mandato tutto a puttane. Mi avvicino a lei da dietro e le avvolgo un braccio attorno alla vita, ma lei si irrigidisce. Sentire le pareti che ha innalzato mi uccide.

Prende la maglietta di Sedona come se intendesse indossarla al posto della sua. Poi si ferma.

Rimango fermo anche io, anche se so che il mio tocco non è benvoluto. È come se avessi bisogno di un contatto fisico per tentare di controbattere la voragine che ho appena creato tra noi.

"È in una gabbia. La tirano fuori da un aereo e la mettono in un furgone bianco."

Levo il braccio dai suoi fianchi e la faccio ruotare. "Dove?" grido, maledicendomi mentalmente quando la vedo sussultare.

"Non lo so. Gli uomini che le stanno attorno sembrano latinoamericani. Quindi, forse ancora in Messico…"

"Dove? Quale città?"

"Non lo so."

Mi fermo alla porta, poi torno indietro, prendo Amber dai fianchi e la tiro a me per un bacio. "Grazie."

Lei arrossisce. "Beh non so se…"

Interrompo le sue proteste con un altro bacio. "Grazie." La lascio bruscamente come l'ho afferrata.

"Trey," grido, aprendo la porta della camera di schianto. Ho sentito tornare i ragazzi qualche minuto fa. "Chiama Kylie. Falle trovare tutti gli aerei che hanno lasciato questa zona da quando Sedona è scomparsa. Soprattutto uno che possa trasportare un lupo in gabbia."

Il lupo con i piercing si porta il telefono all'orecchio prima che io finisca di parlare. "L'aeroporto più vicino è a Hermosillo."

Mi giro verso Jared. "Cerca una mappa del Messico." Quando il lupo tatuato si avvicina con il suo portatile e la mappa aperta sullo schermo, la porto ad Amber, che si è vestita ed è uscita dalla stanza. "Dove?"

Lei mi guarda dubbiosa, ma poi fissa la mappa.

"Non pensare, dimmi solo la prima cosa che ti viene in mente."

"Città del Messico," le esce dalla bocca e lei sembra sorpresa, come se non avesse previsto di parlare. Sbatte le palpebre diverse volte. "Ma ho anche sentito di nuovo la parola *Lobo*."

"Dirò a Kylie di controllare tutti i riferimenti alla parola *Lobo* in quella zona," dice Trey.

"Fallo in macchina." Faccio cenno a Jared con la testa e lui inizia a mettere via il suo portatile. "Dobbiamo andare a Hermosillo."

 *arrett*

ALL'ALBA DELL'INDOMANI SALIAMO sul primo aereo a Hermosillo. È un diretto per Città del Messico. Tre ore. Avrei dovuto chiamare mio padre prima di partire. Sono passate quasi ventiquattr'ore dalla scomparsa di Sedona, ma in una parte di me sento forte il bisogno di gestire da solo questa faccenda. Dare prova della mia capacità di guidare il branco, di tenere al sicuro mia sorella.

Spero di non mettere Sedona in maggiore pericolo aspettando a chiamarlo.

Fisso la testa dorata che mi sta posata sulla spalla, le onde di capelli lucidi che incorniciano la figura addormentata di Amber. Di solito li tiene raccolti, confinati, nascosti agli altri. Trattiene allo stesso modo anche la fiducia in se stessa.

Prendo tra le dita una ciocca, accarezzando tra i polpastrelli questa consistenza incredibilmente setosa.

Mia.

Dio, voglio questa piccola umana. Non solo per scoparla, anche se pure questo, sì. Decisamente. Ma il mio bisogno di lei va oltre il sesso. Voglio possedere tutto di lei: cuore, corpo, anima. Voglio marchiarla e farla mia. Voglio custodirla e viziarla, dirle tutti i giorni quanto è speciale. Sorvegliarla e proteggerla in modo che possa abbattere le sue pareti e lasciare via libera al suo dono. Vivere libera.

Ma stabilirmi non fa parte della mia genetica. E poi non è possibile. Non posso averla e restare un alfa, e il mio lupo è troppo dominante per essere altro.

Potrei sradicarmi e vivere da lupo solitario, ma sono cresciuto in branco, destinato a condurne uno. Il mio lupo è troppo sociale per diventare un escluso. Lo sdegno del branco e la delusione dei miei genitori sarebbero troppo da sopportare. Anche con Amber come mia compagna, il mio lupo potrebbe arrivare ad avercela con lei per ciò a cui ha dovuto rinunciare per averla.

È ora che mi prenda le mie responsabilità e segua le regole.

Regola numero uno: *Umani e lupi mannari non si mescolano.*

L'aereo scende. Amber si muove, sollevando la testa dalla mia spalla e sbattendo le palpebre mentre prende le mie dita e le stringe.

Si volta a guardarmi, sta per dire qualcosa ma io la interrompo con un bacio. Le tengo una mano dietro alla nuca e strofino le mie labbra sulle sue, distogliendo la mia mente dall'assillante timore che provo pensando a Sedona. Questa è la migliore distrazione del mondo. Lecco dentro alla sua bocca, le succhio la lingua, le mordo le labbra. Ha un sapore dolce quanto l'odore.

L'aereo colpisce il suolo e io mi stacco da lei. È ora di concentrarsi.

Sono teso mentre ci muoviamo nel denso traffico pomeridiano dentro a un taxi. Neanche la mano di Amber sulla coscia riesce a calmarmi.

Quando arriviamo all'hotel più vicino, Jared esce e si occupa del check-in. Io aspetto, la schiena rivolta al muro, in modo che nessuno possa prendermi di sorpresa. Gli umani mi guardano e poi distolgono lo sguardo, spostandosi rapidamente per lasciarmi spazio.

"Capo," dice Trey sottovoce, e mi rendo conto che sto ringhiando, sommessamente, un suono basso che però intimidisce chiunque si trovi nel raggio di trenta metri.

Appena mettiamo piede nella stanza d'albergo, quasi torno indietro. "Non posso farlo." La mia voce è mescolata a quella del lupo. "Non posso stare rinchiuso."

"Va bene," dice Amber. "Andiamo a dare un'occhiata in giro."

Annuisco, il petto che si gonfia nello sforzo di mantenere il controllo. "Lo farei se sapessi dove andare. Ancora niente da Kylie?"

"No. Oh, aspetta… appena arrivato. Ecco." Trey mi porge il suo telefono. "Kylie ha trovato il nome del passeggero che viaggiava con un canide sull'aereo partito da Hermosillo ieri sera. È un importatore di prodotti tessili con un magazzino qui. Ho l'indirizzo."

Un ringhio mi esce dal petto a pieno volume. Trey barcolla indietro un po', mostrando la gola.

"Garrett." Amber mi tocca il braccio, la mia vista si fissa.

Sto per perdere il controllo.

"Devi controllarti. Sedona ha bisogno di te."

"Resta," dico a denti stretti.

Lei annuisce. "Io resto qui. Mi lasci un telefono? Il mio qui non prende."

Controllo il mio per assicurarmi che funzioni e lo getto sul comò. "I numeri di Trey e Jared sono là dentro."

"Capo? Quando lo diremo al resto del branco?"

"Adesso andiamo, cerchiamo in giro. Vediamo se è lì e se riusciamo a tirarla fuori. Se abbiamo bisogno di rinforzi, chiamerò mio padre. Lui porterà tutti e due i branchi, e sarà la guerra."

~.~

Amber

CAMMINO avanti e indietro nella stanza d'hotel. Ho ordinato il servizio in camera, ma non riesco a mangiare la *torta*: un panino messicano tostato, pieno di prosciutto e formaggio.

Mi ritrovo a giocherellare con i capelli e li raccolgo in una crocchia, che pochi secondi dopo sciolgo e libero di nuovo. Sto andando a pezzi.

Amber la Pazza.

Per rimettere in carreggiata Amber l'Avvocato, sporgo delle immaginarie denunce civili contro gli uomini che hanno catturato Sedona. Elenco tutti i modi in cui potrei batterli in udienza.

E se Garrett avesse ragione? E se Amber la Pazza fosse l'unica in grado di salvarla?

Non sono pazza.

Garrett pensa che le visioni siano un dono.

Sono seduta sul letto con le gambe incrociate. "Vieni a me," sussurro, cercando di richiamare lo stato rilassato in cui mi trovavo con Garrett. Subito le guance si scaldano. Mi sposto sul sedere, ignorando il pizzicore nel mio punto speciale. Spero di non essere costretta a masturbarmi o a ricevere dei servizi da un imponente uomo-lupo ogni volta che ho bisogno di avere una visione. Mi lascio andare a una risata per niente allegra. Devo dare un taglio a questo attaccamento per Garrett. Non c'è niente per noi, niente futuro. L'ha detto chiaramente.

Trovare Sedona. In questo almeno posso aiutarlo.

Dov'è Garrett adesso?

Il dolore mi trafigge la testa. Cazzo. Significa che sto trattenendo il mio occhio interiore? Mi alzo in piedi e cammino per la stanza. Vedo la borsa di Garrett e ci rovisto dentro, tirando fuori una delle sue magliette.

"Vieni da me," esclamo, come una totale invasata.

Subito le visioni mi inondano la testa. Lupi in gabbie, disposte una accanto all'altra. Ce ne sono a dozzine. Uno di loro, un enorme lupo grigio, si getta contro le sbarre, ringhiando.

Esco dalla visione, ansimando, e allungo le braccia ai lati per mantenere l'equilibrio. Ho il corpo carico e pronto grazie alla sferzata d'adrenalina che mi scorre dentro, come se io stessa fossi stata in una di quelle gabbie.

Garrett? Chiedo. Era Garrett, quello nella gabbia?

Una subitanea urgenza mi fa scattare dal letto. Ma cosa devo fare? Un'altra visione richiama la mia attenzione e chiudo gli occhi. Garrett appoggiato alla porta di casa mia a Tucson, intento a insegnarmi come scassinare una porta.

Apro gli occhi. L'orologio segna le diciotto. Prezioso tempo sprecato.

So cosa devo fare.

~.~

MEZZ'ORA DOPO, il taxi che ho chiamato si ferma a un isolato di distanza dal magazzino.

Con la bocca secca, pago il tassista e mi avvio. Il crepuscolo avanza sugli edifici di cemento, sull'immondizia sparpagliata per la strada. Diversi muri sono ricoperti di graffiti. Il magazzino in questione, però, è riverniciato di fresco e circondato da alte reti elettriche.

Esito.

E se non andasse a finire bene? Chi aiuterà Sedona?

Tiro fuori il telefono di Garrett, che ho preso dal comò prima di lasciare la stanza. Scorro i contatti memorizzati e trovo quello chiamato *Papà*.

Lo premo.

Mi risponde una voce profonda simile a quella di Garrett. "Ciao figliolo."

"Salve signor Green. Mi chiamo Amber Drake. Sono una, ehm, amica di suo figlio."

"Che succede, Amber?" La potenza vibra attraverso il telefono, che quasi mi cade di mano. Garrett non stava scherzando quando parlava del dominio alfa.

"Sedona è stata rapita e io, Garrett, Trey e Jared abbiamo seguito le sue tracce fino a Città del Messico. Garrett e i ragazzi sono andati in un magazzino, ma credo che siano stati catturati anche loro. Io sono fuori, pronta a entrare per salvarli, ma dovevo prima chiamare qualcuno per far sapere quello che sta succedendo."

"Chi sei?"

"Sono la vicina di casa di Garrett."

C'è una pausa e capisco quello che intende chiedermi.

"Umana, sì." *Sensitiva*. Ancora non riesco a dirlo. "Garrett aveva pianificato di chiamarla se ci fosse stato bisogno di rinforzi. Se nelle prossime ore non sente notizie da me o da Garrett, dovrà venire qui con entrambi i branchi."

"Stasera prendo un aereo con i rinforzi. Tu resta ferma e non fare niente fino a che non arriviamo."

"Sono già al magazzino. Entro."

"*No*. Resta dove sei fino a che non arrivo." Chiaramente il vecchio lupo è autoritario e protettivo come il figlio. "Non entrare da sola. Aspetta il nostro arrivo."

"Mi spiace, signor Green, ma devo andare. Sono già qui. Volevo solo lasciarle l'indirizzo nel caso non dovessi tornare. Glielo mando per messaggio."

"No, dannazione…"

Termino la chiamata e silenzio il telefono. Lo schermo lampeggia ancora con la scritta *Papà*, immediatamente, mentre scrivo il messaggio con l'indirizzo del magazzino, ma ignoro la chiamata e mi rimetto il telefono in tasca. Prima di perdere coraggio, mi costringo ad attraversare la strada e mi dirigo verso il magazzino. Magari sarò pazza, ma è quello che richiede la situazione.

Apro la mente all'intuito nell'avvicinarmi al minaccioso edificio di cemento. Mi colpisce con un'ondata di nausea. Tutto il mio corpo trema.

Quale porta? chiedo, e lascio che la mia attenzione segua. *A sinistra dell'edificio.*

Avanzando verso quell'ingresso, mi guardo attorno alla ricerca di videocamere. Non so cosa cercare, ma mi appare chiaro.

Tiro fuori gli attrezzi che Garrett mi ha lasciato la sera che mi ha insegnato a scassinare le serrature, faccio un respiro profondo e immagino di essere tornata al mio appartamento, con la stazza confortante di Garrett a coprirmi le spalle.

Lentezza e stabilità, avvocato.

Sento un rumore e lascio cadere il grimaldello. Mi accuccio e aspetto. Giungono parole in spagnolo e puzza di sigaretta. Mi aggrappo alla maniglia per issarmi e quella gira. Quasi mi metto a ridere forte. L'intuito mi ha portato a un ingresso non chiuso a chiave.

All'interno, mi trovo davanti un lungo corridoio buio. Delle voci maschili vengono da una stanza illuminata a metà, accompagnate dal mormorio di un televisore. Per percorrere il corridoio dovrò passarci davanti.

Mi costringo a muovermi, in agguato come un lupo. Scopro che la luce della stanza viene da una finestrella sulla porta. Mi abbasso per passarci sotto e percorro il resto del corridoio di corsa. Termina davanti a un'altra porta. Provo la maniglia. *Chiusa.*

Rovistando al buio, prendo gli attrezzi e li inserisco.

Ce la puoi fare. Immagino la grande mano di Garrett chiudersi sulla mia, guidandomi.

Clic. Primo dente abbassato. Lo tengo fermo e premo sul secondo, poi il terzo, e riesco ad aprire la porta. Scaffali di metallo pieni di file di gabbie. Per lo più sono vuote, ma quattro sono occupate da enormi lupi.

Dei ringhi mi accolgono. Scivolo dentro e chiudo rapidamente la porta, dicendo al mio cuore di calmarsi. Ora sono nel covo del lupo. I miei istinti primordiali mi stanno gridando di girarmi e scappare dal ringhio di selvaggi animali prigionieri di questo posto cavernoso. Il magazzino deve essere insonorizzato, perché da fuori non si sentiva nulla.

Gli occhi brillano e le fauci schioccano mentre mi avvicino. Qual è Garrett? Cerco il grosso lupo grigio della mia visione. Non vedo nessun lupo bianco, il che significa che Sedona non è qui.

Mi avvicino a un lupo argentato in una delle gabbie, ma esito. Gli occhi sono gialli. Quelli di Garrett li ho visti diventare d'argento.

Sento un ringhio orribile alla mia sinistra e ruoto su me stessa. Un enorme lupo grigio-argento si scaglia contro alla gabbia, schioccando i denti e ringhiando.

"G-Garrett?"

Il lupo si lancia contro alle sbarre, sbattendovi contro con la spalla. Occhi d'argento. Mi allontano dai denti digrignati e schioccanti. Non può essere Garrett: non tenterebbe di attaccarmi. Solo che riconosco quegli occhi. So che è lui.

Tento di pensare razionalmente, ma non riesco a convincermi ad avvicinarmi di più. Questo animale gigantesco e terrificante che morde le sbarre non ha nessuna umanità.

"Garrett?" provo di nuovo.

Una voce roca che proviene da parecchie sbarre più in là mi raggiunge. "È lui. Sta dando di matto perché sei in pericolo." Identifico la voce. In fondo alla fila, un uomo nudo sta rannicchiato in una gabbia. Jared.

"È sicuro farlo uscire?" chiedo, con un brivido lungo la schiena sentendo Garrett ringhiare ancora.

"Non lo so." Il volto di Jared è contorto dal dolore. Tira indietro la testa, con la forma umana inghiottita da un'esplosione di pelo. Un secondo dopo, c'è un lupo a fissarmi.

Il lupo di Garrett lancia un ringhio che è mezzo ruggito e quello di Jared mugola e infila la coda tra le zampe. Sento la pelle d'oca sulle braccia.

"Va bene," sussurro, e mi accuccio in modo da tenere la testa più bassa del lupo di Garrett. "Ehi, sono io. Amber."

Mi tremano le mani nel portarle al lucchetto. Lui però è subito lì e mi ringhia attraverso le sbarre.

"Ti spiacerebbe stare un po' indietro? Mi stai spaventando."

Lui si lancia di nuovo con la spalla contro alla gabbia.

"Ho bisogno che ti calmi, altrimenti non posso concentrarmi. Dobbiamo uscire da qui per trovare Sedona, ricordi?"

Un altro mezzo ruggito e mi faccio piccola a terra. Forse dire il nome di sua sorella non è stata una buona idea. Il lupo di Garrett cammina avanti e indietro, fermandosi per mordere le sbarre di ferro e poi ululare di dolore.

Io resisto all'impulso di rannicchiarmi in posizione fetale e tirarmi la maglietta sopra alla testa come un bambino che si nasconde da un mostro. Da un momento all'altro gli aguzzini di Garrett potrebbero venire qui e trovarmi. E poi mi troverei in una gabbia pure io. Se sono fortunata.

"Dobbiamo uscire da qui. Lascia che ti aiuti," lo imploro, attenta a non guardarlo negli occhi. Il lupo di Garrett scodinzola, ma si rifiuta di tirarsi indietro mentre io inizio a usare gli strumenti. Il suo sguardo mi fa scorrere un brivido sul collo mentre armeggio col lucchetto.

Non appena apro il cancello, Garrett si lancia fuori. Cado a terra. Lui mi salta sopra e atterra con le quattro zampe sul pavimento, con un movimento così rapido e repentino che quasi me la faccio sotto per la paura. Il lupo gigante mi annusa da capo a piedi. Chiudo gli occhi e soffoco un gemito. Uno sbuffo di soddisfazione mi soffia indietro i capelli, e quando apro gli occhi il lupo si è spostato. Immagino abbia deciso di non mangiarmi. Corre fino al corridoio e vi si ferma davanti, ringhiando.

"Ok, solo un minuto." Corro alla gabbia di Jared per aprire la sua serratura. Il lupo grigio, più piccolo di Garrett, è comunque spaventoso. Uno schiocco di quella mandibola feroce e perderei un braccio.

Quando è uscito, prende tra i denti la tracolla della mia borsa e mi tira verso una terza gabbia.

"Trey?" Il lupo grigio e marrone mi lecca le dita attraverso le sbarre mentre forzo la serratura.

Garrett ringhia ancora dalla porta e io corro ad aprirgliela. Con un ruggito furioso, lui e Trey corrono lungo il corridoio, in direzione dell'ufficio.

"*Señorita*," mi chiama una voce dalla quarta gabbia. "*Sueltame y te ayudaré.*" Nella gabbia del lupo dagli occhi gialli ora c'è un uomo nudo con uno sguardo oscuro che non ha niente da invidiare a quello del suo lupo.

Jared mi tira per la tracolla, ma io resisto.

"Dice che se lo libero ci aiuterà," dico a Jared, che si ferma come se ci stesse pensando su. Inclina la testa guardandomi.

"Penso che possiamo fidarci di lui." L'intuito mi viene questa volta in soccorso sotto forma di una sensazione calda nelle viscere.

Si sentono degli spari in corridoio. Grido, mi acquatto a terra e striscio indietro. Jared mette il suo corpo tra me e la porta. Uno sbuffo di dolore e si tramuta in forma umana.

Allungo una mano ma non lo tocco. I muscoli sono gonfi e tesi sotto ai tatuaggi. Si alza in piedi e io tengo lo sguardo fisso sul suo volto, non prima di aver notato la tartaruga di addominali sotto alla sua pelle abbronzata.

Altri spari dal corridoio.

"Dobbiamo aiutarli," grido, ma Jared mi prende prima che possa correre in avanti.

"Non penso proprio, avvocato. Garrett mi ammazza se ti lascio priva di protezione."

"Dobbiamo fare qualcosa."

"Io... aiuto," offre di nuovo lo strano lupo.

"Dammi il grimaldello per la serratura." Jared mi porge la

mano. Va alla gabbia ma mi ferma quando faccio per seguirlo. "Amber, stai indietro."

Cos'hanno questi lupi mannari che pensano di darmi ordini così? Appena saremo usciti da qui, gli ricorderò che sono stata io a salvare i loro culi pelosi.

Risuona un altro sparo e faccio un salto.

Ok, forse il salvataggio è più uno sforzo di squadra.

"Sbrigati," dico. Jared si avvicina alla gabbia, le mani in alto come a mostrare che non ha armi. Con movimenti lenti e attenti, inizia ad aprire la serratura. Lo sconosciuto va in fondo alla gabbia. Noto che entrambi evitano di guardarsi negli occhi.

Che sia messo agli atti: *I lupi fanno giochi di potere.* Perché è decisamente quello che sta accadendo qui. Anche una piccola e semplice umana riesce a percepirlo.

Un rumore vibrante arriva dal corridoio proprio mentre Jared sblocca il lucchetto della gabbia dello strano lupo. Scatta indietro e si allontana appena la porta si apre.

Io mi giro per capire cosa sia il rumore in corridoio. Vedo entrare il lupo di Garrett. Sembra dieci volte più grande, gli occhi che brillano come quelli di un demone. Avanza furtivamente e alza il naso per annusare l'aria. Poi balza oltre a me, portandosi davanti a Jared e allo sconosciuto. Qualcosa di umido gocciola a terra. Un liquido scuro cola dal fianco e dalle fauci del lupo.

Sangue.

Il lupo di Garrett ringhia. Jared arretra e il lupo messicano si sdraia sul fianco mostrando la pancia.

"No," grido, e corro avanti come una pazza. "Non fargli del male."

"Capo." Trey entra barcollando, nudo; la sua forma umana è ricoperta di sangue. "Piano, amico."

Il potere di Garrett riverbera nella stanza e mi costringe a inginocchiarmi. Jared e Trey si accucciano sul pavimento. Lo sconosciuto salta di nuovo dentro alla sua gabbia, in forma di lupo, e rotola sulla schiena mugolando in segno di sottomissione. I suoi occhi ruotano terrorizzati.

"Garrett, torna da me." Con sforzo sollevo la faccia. Qualsiasi potere alfa stia sprigionando ha effetto su di me, ma lo posso combattere. Mi metto in piedi e mi avvicino al gigante lupo grigio, i palmi delle mani ruotati all'insù. "Ti prego. Ho bisogno di te."

Un altro ruggito e Garrett inizia a tramutarsi. Appare in forma umana, la testa china, il volto contorto in una smorfia. Quando ha finito, il petto ansima come se avesse appena concluso un Ironman. I suoi muscoli sono bagnati di rosso, gli occhi ancora argentati e luccicanti. Osservo il torso per capire se parte di quel sangue sia anche suo e sussulto quando vedo una ferita di proiettile.

Lui scuote la testa con noncuranza. "Non è niente."

Jared e Trey si alzano lentamente in piedi e si mettono tra il loro alfa e il lupo sconosciuto nella gabbia, che sta ancora mugolando in sottomissione. Noto che hanno lo stesso tatuaggio di Garrett sulla spalla: la zampa di lupo. Dev'essere un simbolo del branco.

"Garrett," dico, un po' senza fiato. Sarà anche tornato alle sue sembianze umane, ma il suo essere predatore è ancora evidente in superficie. "Cos'è successo?" chiedo nello stesso istante in cui Jared dice: "Gli sciacalli…"

"Morti." Trey risponde a entrambi. "Sono morti tutti."

Garrett si asciuga il sangue dalla bocca e stringe le dita in due pugni.

Distolgo lo sguardo per distrarmi da ciò che Garrett ha fatto. Erano gente cattiva: se lo meritavano. È comunque un po' eccitante per un secondo appuntamento.

"Hai scoperto niente d…?" chiede Jared.

"No." Con un ringhio, Garrett afferra una gabbia vicina e la scaglia lontano. "Ho perso il controllo." Sentendo l'amarezza in quell'autocritica, faccio un passo avanti, desiderosa di confortarlo. Ma non so come.

Lui fa qualche rapido passo in là, si gira, si riavvicina e si passa le dita tra i capelli. "Ora non è rimasto nessuno a cui fare domande," ringhia. La sua voce è a malapena umana.

"E lui?" Indico con la testa il lupo straniero. Quello striscia avanti e fa un leggero balzo fuori dalla gabbia. La testa abbassata, geme, come se stesse aspettando il permesso.

"Tramutati," ringhia Garrett.

Il lupo straniero si contorce e si trasforma in forma umana. Tengo gli occhi al di sopra della sua vita. Sotto alla pelle marrone si vedono le costole e i suoi occhi sono scavati e segnati da cerchi neri. I capelli lunghi gli incorniciano il viso. Mi chiedo da quanto lo tengano prigioniero.

Garrett gli cammina furtivamente attorno. Io faccio un passo avanti, portandomi tra di loro, e lui ringhia, prendendomi con un braccio attorno alla vita e facendomi ruotare dietro di sé per poi rimettermi giù. Jared e Trey si mettono ai suoi fianchi, creando un muro umano protettivo dietro al quale mi trovo io.

Mi schiarisco la gola. "Qualcuno di voi parla spagnolo?"

"Puoi tradurre da lì," dice Garrett con voce vibrante.

Ruoto gli occhi. "Señor, ha visto un lupo bianco? Una piccola femmina?" chiedo in spagnolo, alzando la voce per farmi sentire oltre il muro di uomini-lupo.

"*La Americana? Si.*" risponde.

Mi sporgo oltre il fianco di Jared per vedere l'uomo, ma Jared tira fuori un braccio e mi tiene indietro.

"*Non toccarla,*" ringhia Garrett.

Jared abbassa il braccio. "Non la sto toccando, Alfa."

"Dove si trova? Sa dove la tengono?" chiedo in spagnolo.

"L'hanno venduta ai Montelobos. Nella giungla."

Traduco la risposta. "Dove nella giungla?" chiedo con voce brusca. "Lo sa?"

"Monte Lobo."

Oh. Bene, ovviamente i Montelobos vivono a Monte Lobo. Piuttosto facile. Mi levo la borsetta da tracolla e do a Trey il telefono di Garrett. "Monte Lobo, nella giungla. Metti Kylie al lavoro."

Dopo un'occhiata al suo alfa, il lupo prende il telefono e parte. Jared va con lui.

"C'è altro che può dirci?" chiedo allo sconosciuto in spagnolo, e ripeto in inglese a beneficio di Garrett.

L'uomo scuote la testa. "Chiedigli quanto è grande il branco, quanto forte."

Traduco la domanda allo straniero.

"Più di cento lupi," dice. "Ben difesi."

"*Gracias, señor.*"

"*A ustedes.*" Fa un mezzo inchino e arretra.

Jared entra, vestito con un paio di pantaloni mimetici trovati da qualche parte. Lancia dei vestiti a Garrett e al lupo straniero, che arricciano il naso ma si vestono rapidamente. "Ho trovato le chiavi del loro furgone qua fuori. Trey sta ancora cercando di contattare Kylie, ma è meglio andarcene da qui."

"Sarà al sicuro se la lasciamo solo?" chiedo in spagnolo al lupo straniero.

Lui annuisce, spiegando rapidamente nella sua lingua che viene da una piccola cittadina sulla costa, ma che lì ha un branco forte.

"Va bene. *Gracias,*" gli dico, e usciamo tutti nel corridoio.

"Copriti gli occhi," mormora Jared.

Prima di capire cosa intenda dire, una grande mano calda mi si chiude sugli occhi e un braccio mi stringe alla vita. Dal modo in cui i miei sensi si acuiscono, capisco che è Garrett. Non è delicato, ma deciso e forte. I miei piedi si sollevano da terra. Cerco di non pensare all'odore metallico del sangue mentre Garrett mi porta lungo il corridoio. Né a quello che non sto vedendo.

Concentrati su Sedona.

Quando arriviamo fuori, mi mette a terra e faccio un respiro profondo.

Garrett mi fa ruotare verso di sé e mi fissa con i suoi occhi d'argento. "Sei ferita? Dimmi che non sei ferita, cazzo, o torno dentro e ammazzo quei tizi una seconda volta."

La violenza della sua affermazione dovrebbe spaventarmi, ma non lo fa. È per me. Tutta questa passione è per me. "Non sono ferita," sussurro.

Lui mi tira a sé, stringendo il mio corpo con tale forza che quasi non respiro.

"Piano, Alfa," dico con voce strozzata.

Lui mi lascia di scatto e si allontana, come se avesse paura di starmi vicino.

Trey ci raggiunge di corsa col cellulare in mano. "Non ho segnale per contattare Kylie. Andiamo all'albergo e cerchiamo noi."

Garrett annuisce, cupo. "Devo chiamare mio padre perché mandi rinforzi. Non andremo a Monte Lobo da soli."

"L'ho già fatto," ammetto, sussultando davanti alle tre paia di occhi luccicanti che si fissano su di me. "Non ero sicura di farcela a uscire viva dal magazzino, e non volevo…" Il sommesso ringhio che sale dal petto di Garrett mi avvisa che sto di nuovo preoccupando il suo lupo. "Tuo padre sta arrivando."

arrett

PER TUTTO IL viaggio fino all'albergo non riesco a parlare. A malapena conservo la forma umana. Non sono mai stato così nervoso, così vicino a perdere la testa. No, al diavolo, l'ho già persa. Sono diventato un selvaggio addosso a quei tizi nel magazzino, quando la situazione richiedeva l'intervento dell'intelligenza. Se il tizio nella gabbia non ci avesse dato una pista adesso non avremmo modo di trovare Sedona, e tutto a causa mia.

L'intera serata è stata un vero casino. Siamo arrivati alla fabbrica tessile. Come la maggior parte degli edifici di Città del Messico fuori era tutto cemento, nessun modo di vedere all'interno. Ho mandato Jared e Trey a fare il giro dell'edificio da una parte e io sono andato dall'altra.

Quando ci siamo incontrati di nuovo, uno stronzo aveva

beccato Trey e gli teneva la pistola puntata alla testa. "*Manos arriba*," aveva gridato quel figlio di puttana.

Non avevo bisogno di sapere lo spagnolo per capire quello che voleva. Non ho avuto altra scelta che alzare le mani ed entrare nelle cazzo di gabbie dentro al magazzino. Un lupo può sopravvivere a un colpo di arma da fuoco, ma non alla testa.

L'unico mutante che conosco che sia sopravvissuto a uno sparo alla testa è una vecchia pantera di Tucson, ed è stata fortunatissima che gli spari non le abbiano colpito nessun organo vitale. Non avevo intenzione di mettere a repentaglio la vita di Trey.

Ma nel momento in cui mi sono trovato rinchiuso nella gabbia, mi sono tramutato, squarciando i vestiti. Il posto puzzava di lupo, ma giuro di aver sentito l'odore di Sedona. Ho tentato di uscire dalla gabbia con tutte le mie forze, ma non erano normali gabbie per cani. No, quei tizi sapevano quello che stavano facendo. Erano in acciaio rinforzato. Se Amber non fosse arrivata…

Ringhio dal sedile posteriore del furgoncino e Amber ruota i suoi occhi amorevoli verso di me. Non capisco perché cazzo non abbia paura quando faccio così. Cazzo, dovrebbe essere terrorizzata.

Il mio lupo è pronto a saltare fuori e dilaniare altre gole al solo pensiero di Amber là dentro, esposta al pericolo per salvarci.

Vorrei piegarla sulle mie ginocchia e sculacciarla fino a far diventare rosso il suo grazioso culetto, ma so che toccarla non è sicuro . Non che abbia intenzione di farle del male. Non in quel senso, almeno. Ma sono a un pelo dal marchiarla. Tra la luna piena e il desiderio del mio lupo di proteggerla per sempre imprimendole il mio odore, tremo dallo sforzo di restare tutto d'un pezzo in sua presenza.

Arriviamo all'albergo e vado dritto in doccia. Magari, se mi levo di dosso l'odore del sangue, sarò capace di darmi una calmata. Ne dubito. Ma vale la pena provarci.

Mi tiro fuori dai pantaloni troppo piccoli e vado sotto al getto dell'acqua, pizzicando la ferita per espellere il proiettile che il mio corpo ha già spinto in superficie.

Ricordo il pallore del mio piccolo avvocato alla vista della ferita; l'orrore è apparso sul suo volto. Dannazione, non ho fatto nulla per guadagnarmi quella premura, ma di sicuro farò di tutto per meritarmela da qui in poi. E *devo* fare di meglio per proteggerla. Santo cielo, avrebbero potuto farla prigioniera, e ora saremmo tutti rinchiusi. O peggio.

Dovrei esserle grato, e invece sono solo incazzato. Incazzato che abbia dovuto correre dei rischi per salvarmi. Un ringhio mi riverbera nella gola.

Faccio uscire l'acqua fredda, ma non fa niente per placare la pelle rovente, per cacciare giù il lupo.

Marchiala marchiala marchiala.

Ardo dal desiderio di affondare i miei denti nella pelle fresca di Amber. Di renderla mia per sempre. Ardo dal desiderio di affondare il cazzo nel suo dolce corpicino, sentire com'è muoversi dentro di lei. Scommetto che è strettissima. Un paradiso. Magari c'è modo di scoparla senza marchiarla.

Non so se sia il mio lupo o la mia stessa mente che sta tentando di convincermi a fare ciò che non andrebbe fatto, ma la voglio con una disperazione che mi fa allungare i canini, gocciolanti del siero per marchiarla. Mi mordo il labbro e lo faccio sanguinare.

La mia piccola e tosta bimba avvocato, tutta morbida e mielosa dentro. Un cuore gigante fatto di morbide piume. Darei qualsiasi cosa per guadagnarmi il diritto di poterla definire mia. Come sarebbe avere Amber sotto di me? Muoio dalla voglia di vedere quegli occhioni blu che mi guardano dal basso, brillanti di fiducia, il suo piccolo corpo dolce e voglioso. *Caaaazzo!*

Chiudo l'acqua e mi avvolgo un asciugamano attorno alla vita. La ferita ha già smesso di sanguinare e i bordi si stanno rimarginando.

Abbiamo prenotato una suite, con due letti in una stanza e un salotto nell'altra. Trey e Jared sono nel salottino e vorrei ululare perché Amber è con loro. Il che è stupido, perché anche se so che morirebbero per lei, so che lo fanno solo perché sanno che è mia. E i miei ragazzi sono solidi come la roccia. Non farebbero mai e poi mai casino con ciò che mi appartiene.

Lo stesso, sbatto il pugno contro il comò. Ho voglia di fare a pezzi la stanza.

Non so come farò a passare la notte nella stessa suite dove dorme anche Amber.

~.~

Amber

SEMBRA che Garrett stia lanciando cose in giro per la camera. Percepisco la sua agitazione attraverso la parete. Colpa, rabbia, frustrazione sprizzano da lui propagandosi a ondate. Ho sempre saputo con questa precisione cosa provano gli altri? O mi succede solo con lui?

Trey guarda verso la camera da letto, poi lancia un'occhiata preoccupata a Jared. Siamo seduti al tavolino. Hanno finito la mia *torta* in meno di tre secondi e ho ordinato altro col servizio in camera. "Non l'ho mai visto così vicino a perdere il controllo," mormora Trey.

"Lo so."

"Qual è il problema?" chiedo.

Jared sta giocherellando con una scatoletta di fiammiferi che era sul tavolino, e la fa ruotare sull'angolo. "La luna piena. La sorella scomparsa. E te."

"Cosa c'entro io?"

"Aveva paura per te laggiù. Penso sia ancora incazzato. È davvero partito di brutto per te, Amber." La scatoletta ruota, fa un ultimo giro e si ferma. Jared la prende e la fa ripartire.

Il cuore mi balza nel petto, poi inciampa e cade. "Ma i lupi non possono stare con gli umani."

"È quello il problema. Ma a quanto pare al suo lupo non interessa. La bestia ti ha rivendicata. Quando il nostro lupo sceglie, il gioco è fatto. Ti devi accoppiare oppure…"

"Oppure?"

"Oppure il tuo animale potrebbe impazzire per il mal della luna," risponde Trey, trastullando con la lingua il piercing al labbro.

"Cos'è il mal della luna?" chiedo.

"Ci si trasforma in animale e non si ridiventa più umani. Si è perduti per sempre. Non succede a tutti i lupi," spiega Trey.

"Solo ai più dominanti," continua Jared.

Deglutisco. Garrett è decisamente dominante. Ma non vuole accoppiarsi con me. Mi ha già detto che non può funzionare. "Capita mai che i lupi si accoppino con gli umani?"

"A volte," dice Jared scrollando le spalle. "Ma l'accoppiamento con gli umani viene scoraggiato dalla maggior parte dei branchi. E un maschio alfa prende sempre una femmina alfa."

Intendo il sottotesto. *Non un'umana rammollita.*

"Al padre di Garrett non piacerebbe." Trey strappa la scatoletta di fiammiferi dalle dita di Jared e la apre tirandone fuori uno.

Ottimo. Ho già fatto una brutta impressione.

"Ma molti credono che ci sia solo una vera compagna per ciascun lupo. E che il lupo riconosca la sua compagna quando la vede. Starle vicino lo agita e lo calma allo stesso tempo." sfrega un fiammifero contro al bordo della scatoletta e getta il cerino acceso contro Jared, che lancia un grido e lo schiva con un sorriso. "E lui è così con te."

Amber Drake, sensitiva. Domatrice di lupi mannari. Magari alla fine sarà questa la targa che appenderò.

Un tonfo dalla camera da letto, come se Garrett avesse battuto un pugno contro il muro. *Meno male che la camera non è stata prenotata con la mia carta di credito.* Se è arrabbiato con me, sta a me calmarlo. Spingo la porta ed entro, chiudendola alle mie spalle. Dovrei avere paura e invece non ne ho. "Ehi, sei arrabbiato con me?"

"No," ringhia ruotando su se stesso. Percepisco il suo dolore.

"Sei turbato perché ero in pericolo? Perché non me ne parli?"

Lui avanza verso di me, gli occhi argentati. Mi prende per la vita e mi blocca contro il muro, tenendomi al livello del suo naso. "Bambola, mi hai fatto cagare sotto dalla paura. Avrebbero potuto catturarti. O farti del male. O ucciderti," ringhia. "Pensi che avrei potuto convivere con me stesso se ti fosse successo qualcosa?"

Non riesco a parlare. Mi si forma un nodo in gola. C'è mai stato qualcuno che si curasse così tanto di quello che poteva succedermi?

"Beh non avrei potuto. Non sarei stato in grado di andare avanti."

"Garrett." La portata della sua angoscia mi lascia a bocca aperta, scalfendo un duro pezzo di armatura che mi ha protetto il cuore per buona parte della mia vita. A qualcuno importa… di me.

"Dovrei far diventare rosso quel tuo bel culetto." Mi rimette con i piedi sul pavimento e mi accarezza la guancia. Il suo tocco è molto più delicato del previsto. Appoggia la fronte alla mia. "*Non* mettere a repentaglio la tua vita per me. Io sono un mutante. Guarisco quasi immediatamente. Tu sei *umana*."

Sì questo l'ho capito, bello mio.

"Stanotte potevi finire con una pallottola in corpo o la gola tagliata," prosegue. "E se ti avessero preso per fare razza?"

"Ma io non sono un lupo."

"Non contraddirmi." Mi tira a sé in un rude abbraccio, le sue braccia enormi strette attorno alla mia vita. Mi sfiora il collo con le labbra. "Sei *mia*, dannazione. Non posso permettere che ti succeda niente. Capisci?"

"Capisco," sussurro, mentre le parole *sei mia* mi ruotano nella testa, mandandomi il cervello in cortocircuito. Per essere una che non ha mai avuto casa o famiglia, niente potrebbe mai suonare più dolce. E per certi versi Garrett è la mia famiglia. Anche se io sono umana e lui è un lupo. Anche se non abbiamo nulla in comune: io sono sua e lui è mio. Una semplice equazione senza basi nella logica. Solo nell'amore.

Solo che ieri notte mi ha detto che non può stare con me.

Mi prende le natiche tra le mani e stringe. "Mi riservo il diritto di punire questo succoso culetto più tardi." La sua voce è profonda e roca.

Rido. "Mi spiace, nessun rinvio a giudizio."

Mi lecca il lobo dell'orecchio. "Allora dovrò farlo adesso." Mi ruota di schiena. "Mani sul muro." Il suo ordine profondo risuona come seduzione pura. Fa scivolare lentamente il palmo delle mani lungo le mie braccia, poi mi afferra i polsi e li solleva verso l'intonaco fresco. "Non spostare le mani. Se lo fai, raddoppierò la punizione."

Io scodinzolo con il sedere, eccitata anche solo dalla minaccia. Quest'uomo – lupo – mi vuole. Ha addirittura bisogno di me. Non mi sono mai sentita così desiderabile in vita mia.

Con le dita apre il bottone dei jeans e infila i pollici nel bordo, agganciando sia quello dei pantaloni sia quello delle mutandine; me li tira giù lungo i fianchi e me li fa cadere ai piedi.

"Qual è la mia punizione?" dico con voce roca, spostando i piedi dai miei jeans.

Lui mi assesta uno schiaffo deciso sul sedere. "Questa." Massaggia le mie natiche nude con entrambe le mani e stringe. Altro schiaffo. "Ti voglio," dice rudemente, sciogliendo i capelli che avevo raccolto nella solita crocchia alla francese. Mi ricadono sulla spalla. Lui infila le dita sotto alla mia maglietta e le fa risalire fino a raggiungere i miei seni. Con uno scatto slaccia la chiusura del reggiseno e prende tra le mani i miei seni gonfi.

"Cazzo se sei bella, Amber. Ti ho voluta dal momento in cui hai spinto in fuori quell'anca nell'ascensore, con quell'atteggiamento da menefreghista." La sua voce è densa.

"Cosa stiamo aspettando?" oso chiedere.

Il modo in cui inspira con forza mi induce a mordermi un labbro. Un rapido movimento e la maglietta e il reggiseno mi volano oltre alla testa. "Mani su di nuovo." Mi blocca ancora i polsi alla parete con un palmo e mi schiaffeggia il sedere con l'altro.

Sento delle fitte in mezzo alle gambe, l'eccitazione che mi scorre dentro. "Prendo la pillola," sussurro.

Un ringhio disumano riempie la stanza. "Perché?" dice con tono furente.

Cerco di voltarmi, ma lui mi tiene una mano stretta sui polsi. "Per le mestruazioni abbondanti. Cavolo, Garrett."

Lo sento rilassarsi dietro di me. "Grazie al cielo. Non raccontarmi mai di un altro uomo, a meno che tu non voglia che gli squarci la gola."

"Esagerato." La mia voce è tremante, ma una piccola parte di me si sente emozionata da questa possessività. Dalla gelosia. Voglio che mi prenda pienamente come non ha mai fatto nessuno.

Fa scorrere le mani lungo la mia schiena nuda, poi le porta davanti al mio torso e pizzica i miei capezzoli tra le dita. "Ho bisogno di te, piccola." I suoi denti mi graffiano la spalla. "Ho bisogno di te, cazzo."

Cerco di staccare ancora le mani dalla parete, intenzionata a girarmi e aiutarlo nei suoi piani, ma chiaramente è lui quello che comanda. Sbatte una mano contro alle mie, bloccandole di nuovo al loro posto. Un sommesso ringhio di disapprovazione vibra accanto al mio orecchio.

La sua mano libera scivola lungo la mia pancia e poi sotto, fermandosi sul monte di Venere.

Sono già bagnata fradicia per lui, mi tremano le gambe.

Sposta il polpastrello di un grosso dito lungo la mia fessura, scivolando sui miei succhi. "Dimmi di questa fica, avvocato," sussurra con voce bassa e vibrante. "Ha sentito la mia mancanza?"

"S-sì."

"Dimmi che sono l'unico che la fa diventare bagnata." Giocherella col clitoride.

"Sei tu," mormoro. "Sei l'unico."

"Vorrei tanto sentirne ancora il sapore, ma fatico a trattenermi. Ti prometto che le darò la leccata migliore della sua vita quando quella dannata luna non sarà piena."

Mi rendo conto che sta ansimando come se stesse correndo una maratona. Come se si stesse sforzando al massimo per non attaccare.

Non voglio che si trattenga. Con una disperazione che probabilmente corrisponde del tutto alla sua, lo voglio, voglio che vada fino in fondo.

"Prendimi, Garrett." Spingo in fuori il sedere, sperando di tentarlo.

"Cazzo." Sento il fruscio dei suoi jeans che cadono a terra. "Non sono sicuro di poterlo fare, piccola. Non voglio farti male."

"Non me ne farai," gli prometto. Non avrei mai pensato di amare il sesso rude, ma in questo momento darei qualsiasi cosa per una bella scopata violenta. Amber l'Avvocato è sconcertata.

Garrett ringhia e strofina la punta del suo sesso contro il mio ingresso, scivolando sui miei succhi.

"Sì," sussurro. "Prendimi."

Il suo respiro è arroventato nel mio orecchio. Mi tiene per i fianchi e preme, riempiendomi, allargandomi con il suo membro enorme.

Il mio sesso si stringe attorno a lui e io sussulto per l'intensità. Ruoto gli occhi. "Non ti fermare, ho bisogno di te dentro di me."

Il suo respiro si ferma all'istante, poi ritorna caldo sul mio orecchio mentre lui entra, riempiendomi. Schiaccia i miei seni con le mani e inizia a spingere dentro e fuori, le sue anche che sbattono contro il mio sedere.

Sento la testa diventare leggera. È un piacere mai provato prima. Nientemeno che il pene di un lupo. Sì, decisamente meglio. Lui mi sbatte, la punta del suo sesso mi colpisce le pareti interne. È incredibile. Addirittura miracoloso.

Mi rendo conto di non essere mai stata, nei miei ventisei anni, scopata come si deve. Non sono neanche mai stata presa da dietro. Non l'ho mai fatto in piedi. Non ho mai fatto sesso con le manate roventi del mio amante impresse sulle natiche.

Sì. Garrett è stato una sventagliata di prime volte per me, e questa sta per farmi perdere la testa del tutto. E in qualche modo ho come la sensazione che ci sia ancora di meglio in serbo. Questa è solo la punta dell'iceberg, parlando di sesso con Garrett.

Le sue dita si stringono sulle mie anche. "Oh Dio," mormora, e sbatte ancora più forte.

"Cazzo, Amber... non posso..." Un ringhio disumano interrompe le sue parole e lui si stacca. Io sussulto e mi guardo alle spalle. Lo vedo barcollare all'indietro, gli occhi argentati, le zanne scoperte.

Zanne? Ha ancora la forma umana. Perché diavolo ha le zanne?

Scuote la testa come fa un cane quando deve scrollarsi dell'acqua di dosso. "Amber." La sua voce è gutturale, fatico a capirlo. "Mettiti i vestiti ed esci."

"Cosa? No."

I nervi del suo collo sono gonfi. I muscoli tesi e sotto sforzo. "*Ora*, Amber." Il dolore deve essere evidente sul mio viso, perché lo vedo colpito. "Mi spiace," mormora. "Mi spiace, Amber. Ma ho bisogno che tu esca. Per il tuo bene. *Ti prego.* Esci." Va a grandi passi verso il bagno e ci si chiude dentro.

Con la testa che gira, raccolgo i vestiti e li indosso con mani tremanti. Che sia messo agli atti: *Non ho la minima stramaledetta idea di cosa sia appena successo.*

Non me ne voglio andare, ma devo onorare la richiesta di Garrett, quindi apro la porta della camera ed esco.

Trey è ancora al tavolo che mangia il cibo che hanno portato. Si volta a guardarmi e poi si sofferma per osservarmi meglio. "Stai bene?"

Dannazione. Le lacrime scorrono libere lungo le guance.

Lui si alza in piedi e apre le braccia. "Vieni qui."

Avanzo barcollando e mi appoggio alla sua figura dinoccolata mentre mi stringe.

"Stai bene?" ripete.

Non ho intenzione di dirgli niente. Ma non avevo neanche intenzione di farmi vedere piangere. "I suoi denti si sono allungati e i suoi occhi hanno cambiato colore," dico in un singhiozzo. "Mi ha detto di uscire."

Trey si scambia un'occhiata con Jared.

"Dannazione," mormora Jared.

"Cosa?"

Trey espira. "Vuole marchiarti, Amber. Sai cosa significa?"

Scuoto la testa. Non ne ho idea.

"È il modo in cui i lupi prendono la loro compagna: il maschio affonda i denti nella femmina per lasciarle addosso per sempre il suo odore. Siamo piuttosto territoriali con le nostre femmine. Una volta marchiata, sei accoppiata a lui per la vita. Ma lui non può marchiarti, perché sei umana. Nella migliore delle ipotesi ti procurerebbe una cicatrice spaventosa. Male che vada, potrebbe ucciderti. In questo momento non si può controllare, quindi sta cercando di proteggerti."

Una visione mi passa davanti agli occhi: *sono in piedi davanti a uno specchio e sollevo i capelli dalla spalla per esaminare una cicatrice.*

La porta della camera da letto si apre con uno schianto e

Garrett si presenta sulla soglia, la fronte aggrottata, gli occhi argentati.

Trey mi spinge via da sé e alza le mani in alto. "Non la sto tocc…"

Un lampo di movimento accompagnato da un ringhio e Garrett vola addosso a Trey sbattendolo sul pavimento.

"Aiutavo soltanto," dice Trey ansimando mentre rotola via, senza ribattere all'attacco ma muovendosi rapidamente per divincolarsi.

Garrett lo blocca a terra con l'avambraccio premuto contro la sua trachea.

"Garrett, fermati!" grido.

Lui volta il suo sguardo luccicante verso di me e si lancia, afferrandomi per la vita e tirandomi addosso a sé. Le sue mani bruciano come attizzatoi ardenti e il calore mi pervade la pelle ovunque mi tocchi. Mi tira su la maglietta come se intendesse strapparmela via, le zanne scoperte e luccicanti.

Chiaramente è più bestia che uomo in questo momento, e considerata la cautela dei suoi amici, ammetto che ho paura.

Grido. Jared mi prende da dietro e mi tira via dalle braccia di Garrett.

Lui ringhia il suo disappunto e balza in piedi per riprendermi. Trey lo afferra da dietro prima che possa raggiungermi e Jared mette il proprio corpo davanti al mio, unendosi a Trey nella lotta contro Garrett. I due lupi più giovani spingono Garrett indietro, confinandolo alla parete, spingendo con tutto il loro peso contro di lui per tenerlo fermo lì.

"Entra in camera e chiuditi a chiave, dolcezza," dice Trey.

Garrett ringhia ancora, liberandosi dalla parete, ma i due lupi più giovani ce lo risbattono contro.

"Scusa! Non volevo chiamarla *dolcezza*. *Amber*, entra in camera. Adesso," grida Trey.

Ma non posso permettere che questa storia vada avanti

così. Ignoro la direttiva e vado invece verso Garrett. Poso il mio palmo sul suo petto sporgente. "Non ho paura di lui." Tengo i miei occhi fissi in quelli argentati di Garrett.

Giuro che vedo una scintilla di consapevolezza, una scintilla di azzurro in mezzo a quell'argento.

"Faresti meglio ad averne," dice Jared a denti stretti, chiaramente impegnato a lottare con tutte le sue forze per tenere indietro Garrett.

Ignoro Trey e Jared e fisso Garrett negli occhi, sostenendo il suo sguardo. "*Marchiami*."

Lui si lancia ancora contro di me, ma quando i due ragazzi lo tengono indietro, contro la parete, si ferma e scuote la testa. "Ti farei a brandelli, avvocato. Esci. Di. Qui. Per favore."

"No. Ho visto come va a finire. Voglio che mi marchi."

Garrett si ferma, il suo petto ansimante nel petto. "Cosa?"

Annuisco. "Mi devi marchiare." Mi giro verso i due lupi più giovani. "Lasciatelo andare."

Loro guardano Garrett, che mi fissa a lungo prima di annuire. I ragazzi allentano la presa dalle sue spalle, ma sembrano pronti a bloccarlo di nuovo a un minimo cenno.

Lui mi prende in braccio e io stringo le gambe attorno ai suoi fianchi e le braccia attorno al suo grosso collo. Lui mi guarda negli occhi. "Sei sicura?"

Annuisco. Anche se il mio cuore martella con forza nel petto, mi fido di lui. Non mi farebbe mai del male.

CAPITOLO NOVE

*arrett*

ANCHE CON IL lupo che grida per essere liberato, la mia mente lavora e cerca di essere presente per Amber. "Piccola, capisci quello che significa?" le chiedo mentre la porto in camera da letto. Non so neanche come faccia a sapere dei marchi.

"Sì," sussurra. "Che sarò la tua compagna a vita."

"Giusto. Quando ti avrò marchiato, non ti lascerò più andare via, per nessuna ragione al mondo. Ti seguirò ovunque per tenermi ciò che è mio."

Miracolosamente, non sembra disturbata dal discorso. La mia piccola e tosta bimba avvocato indipendente sembra intenzionata a darsi a me.

"Mi hai sentito? Mi apparterrai. Per sempre. Sarai mia, e dovrò proteggerti e tenerti con me. Darti piacere."

"Voglio che mi marchi," ripete, apparentemente indifferente alle mie parole.

Chiudo la porta alle nostre spalle. "Sai cosa succede? Dovrò morderti, Amber. Un morso di lupo. Ti farò male, e ti lascerò sicuramente una cicatrice." *E se faccio casino, potrei ucciderti.* Dio del cielo, non voglio farle questo. Non si merita questo genere di trauma.

Lei annuisce. "Ho visto le cicatrici. In una visione. È per questo che so che deve succedere."

Una visione. Grazie al cielo. Non può essere un errore se lei l'ha visto.

Mi siedo su una sedia, Amber sempre in braccio a me. Immagino sia meglio se sto sotto. Qualsiasi cosa pur di rallentarmi, trattenermi dal malmenarla. Metto entrambe le mani sulle sue natiche, le stringo. Lei ruota il bacino in avanti, strusciando contro al mio sesso, duro come la roccia.

Le tiro via la maglietta e sgancio il reggiseno rosa chiaro. È dolce e delicato, come lei. Decisamente non ha niente a che fare con uno come me, ma non riesco a impedirmi di rivendicarla come mia, ora che si è offerta.

La mia posizione nel branco sarà alterata. Le previsioni di mio padre, convinto che non sarò mai capace di condurre un mio branco, si avvereranno. Non me ne frega un cazzo. Amber è mia. Ho bisogno di lei, come un lupo ha bisogno di correre.

I suoi seni prosperi saltano fuori dal contenimento di raso e ne attacco uno, succhiando il capezzolo turgido con la bocca.

Amber lancia un grido di desiderio che mi fa vibrare nei jeans. In questo momento basterebbe una strusciata di troppo per farmi venire. Sono a un pelo dall'affondarle i denti nella carne. Nel momento in cui la morderò, partirò come un cannone. Ma le devo molto più di questo. Non voglio che ricordi il momento del marchio solo come dolore e trauma.

Sposto la mia attenzione all'altro capezzolo, facendolo vibrare con la lingua, sfiorandolo con i denti.

"Via la maglietta," mormora lei.

"Hmm?"

Infila un dito nel colletto della mia maglietta. "Voglio che anche tu ti levi la maglietta."

Le sorrido attraverso l'annebbiamento del mio lussurioso desiderio, quindi mi sfilo la maglietta. Lei mi accarezza i pettorali con le mani e si inarca appoggiandosi a me, sfregando quelle meravigliose tette contro la mia pelle nuda.

Un ringhio mi sale dalla gola. Devo marchiarla presto.

"Devo entrarti dentro, piccola." Lecco disegnando una linea dal suo sterno alla gola.

Lei si divincola da me e si leva il resto dei vestiti. "Bene," mi incoraggia.

"No," dico ansimando. Il mio respiro esce in piccoli sbuffi ravvicinati e mi ci vuole uno sforzo enorme per non spingerla a terra e sbatterla fino a spaccarla in due. "Dubito che sia una buona idea. Penso che verrò nel momento che ti entro dentro." Sbottono i jeans e tiro fuori l'uccello turgido.

Tiro Amber verso il mio grembo, girata di schiena, e metto le dita in mezzo alle sue cosce. "Poi mi farò perdonare, te lo prometto," riesco a dire. "Mi farò perdonare per il resto delle nostre vite."

Un brivido la scuote. Non so cosa significhi. Spero con tutto il cuore che non sia inquietudine.

Ma ha la fica bagnata. So che mi vuole. Strofino la cappella lungo la sua fessura rugiadosa. Tutto il mio corpo freme nello sforzo di mantenere il controllo. Ogni cellula del mio corpo mi grida di sbatterla giù e scoparla rudemente, marchiandola per sempre con i miei denti.

Lei si sposta per allineare il suo dolce canale portandolo all'altezza del mio sesso pulsante, e io faccio scattare in avanti i fianchi, affondando in lei. Un brivido di soddisfazione mi scorre lungo il corpo. Come se avessi appena segnato un punto.

Niente mi è sembrato mai tanto perfetto e giusto in vita mia. La mia vista si fa fissa e acuta mentre l'animale in me sale in superficie. Afferro i fianchi di Amber e la alzo e riabbasso sopra al mio sesso, sperando ardentemente di non farle male, di non spaventarla con la forza che uso per tenerla e con gli affondi profondi che le sto dando.

I miei fianchi si alzano per andare incontro ai suoi e sto precipitando sempre più a fondo in un oscuro bisogno.

Lei emette dei versi incoraggianti, versi di piacere.

"Amber... Amber... voglio... ho bisogno di..." Dio del cielo, non riesco neanche a formulare una frase. La faccio rimbalzare sul mio cazzo duro come se potessi morire se non lo facessi. Se non andassi più a fondo. Più veloce.

Chiudo gli occhi, lottando contro l'impulso di farla del tutto mia. La tiro contro il mio uccello con forza e velocità, possedendo il suo corpo, dominandolo completamente mentre faccio a botte con il mio lupo per mantenere il controllo.

"Sì, Garrett," grida.

"A chi appartieni?" ringhio, cavalcando un'ondata di piacere così alta che vado in delirio. Ogni colpo in quel suo canale stretto mi fa diventare sempre più pazzo.

"A te! Ti prego, Garrett, mi manca pochissimo."

"Ti darò quello che ti serve," ringhio, sperando di poter rispettare la mia parola, perché la febbre che ha preso possesso di me è più calda della lava. Mi alzo in piedi e la piego in avanti come una bambola di pezza. Ora posso affondarle dentro con maggiore forza.

Lei grida. "Lì! Oh Dio, proprio lì! Oh Dio, non ti fermare,

non ti fermare, ti preeeego." Passa rapida all'orgasmo. Nel momento in cui la sua piccola fica stretta si aggrappa al mio sesso, le corde che tenevano legato il lupo si spezzano.

I miei movimenti si fanno più sussultori mentre lei continua a stringere il mio membro nell'apice del suo orgasmo. Dei ringhi riempiono la stanza e io apro gli occhi, rendendomi conto di esserne l'origine. Le mie zanne sono lunghe e gocciolano siero, pronte a conficcarsi nella sua carne. Voglio marchiarla con tutto me stesso. Ogni muscolo è teso come una molla pronta a saltare.

E così, vengo. Lo sperma attraversa il mio membro e spruzza dentro di lei. Mi siedo e la tiro sul mio grembo, i piedi che sbattono sul pavimento, un ringhio che riecheggia tra le pareti. Se lei fosse un lupo le morderei la parte posteriore del collo, ma devo stare fottutamente attento. Scosto i suoi capelli biondi e affondo i denti nella parte carnosa del trapezio, dove è meno probabile arrecare ferite gravi.

Trattengo il torrente di energia che mi spinge a schioccare la mandibola con forza, affondando i denti ancora di più nella carne.

Amber grida e io strizzo gli occhi contro il mio senso di colpa. Il mio stupido uccello non coglie il messaggio e vengo un'altra volta, spingendo dentro di lei. Tremante, sfilo le zanne dalla sua carne e lecco la ferita per pulirla. Gli anticorpi della mia saliva dovrebbero accelerare la guarigione. "È finita, piccola. Scusa." Prendo la mia maglietta e la appallottolo, tamponando la ferita e fermando il flusso del sangue.

Amber sussulta e geme. Si gira a guardarmi, i suoi grandi occhi blu colmi di lacrime.

"Oh, santo cielo," dico con voce strozzata. Anche i miei occhi si fanno lucidi.

Lei mi tocca il viso. "No, è tutto ok. È ok. È ok."

La sollevo dal mio grembo e prendo la coperta dal letto, avvolgendogliela attorno.

Devo avere un aspetto inorridito, perché lei solleva una mano. "Sto bene. Sto bene." Ma... *cazzo!* Il sangue le zampilla dalla spalla attraversando la maglietta. Ho voglia di spaccare tutto, qualsiasi cosa sia a portata di mano. La mia femmina è ferita, ed è colpa mia.

"Amber." Dico il suo nome come fosse una preghiera. Come un lamento. Imploro perdono, anche se lei me l'ha già assicurato.

Si sente bussare alla porta. "Tutto a posto?" chiede Trey dall'altra parte.

Sollevo Amber e la adagio sul letto, poi mi tiro su i jeans e apro la porta. Trey è sulla soglia, Jared dietro di lui.

Non sono mai stato più riconoscente del supporto dei miei compagni di branco, soprattutto considerato che ho appena tentato di spaccare la faccia a entrambi. "Pensi che abbia bisogno di punti? O qualsiasi altra cosa gli umani facciano con le ferite?"

Trey entra, irradiando calma. "Fammi vedere." Toglie la maglietta appallottolata dalla spalla di Amber e scruta la ferita. "No. Mi sembra ok. Nessuna arteria principale colpita. Penso che andrà tutto bene. E comunque non fanno punti per le ferite di questo tipo. Basta lasciarle all'aria perché non si infettino."

Grazie al cielo. Spero con tutto me stesso che sappia di cosa sta parlando.

Jared tira fuori una boccetta di antidolorifico con un'etichetta spagnola. "Sono andato a prendere dell'ibuprofene," dice a Amber. "E olio di noce di cocco, perché dovrebbe essere antibatterico e antimicotico."

"Non per una ferita importante, idiota," dice Trey, e Jared gli dà un pugno.

"Io ho anche del liquore, se preferisci." Jared mostra una bottiglia di Jose Cuervo.

Spingo via la bottiglia di Cuervo. "Niente liquore. Ok per gli antidolorifici. Puoi portarle un bicchiere d'acqua?"

Amber accetta l'ibuprofene. È pallida, cosa che mi ammazza, quindi la prendo in braccio e vado alla testa del letto, mettendomi giù con lei rannicchiata contro il mio petto.

Jared torna con il bicchiere d'acqua e tre pastiglie di ibuprofene. "Serve altro?"

Scuoto la testa.

"Va bene, vi lasciamo soli allora."

I due ragazzi escono. Magari è perché mi si è squarciato il petto e il mio cuore è scoperto e privo di protezione, ma la gratitudine che provo per la loro lealtà è travolgente.

~.~

Amber

Mi appoggio al solido petto di Garrett. "Mi sento, diciamo… strana."

"Il siero che mi rivestiva i denti contiene una droga che ti fa sentire un po' fatta. Serve a calmare la femmina dopo che è stata morsa e strapazzata."

"Questa cosa è pericolosa anche per le femmine di lupo?"

Scuote la testa. "No. I mutanti hanno delle incredibili capacità di guarigione. Una lupa soffre solo un dolore temporaneo, che le passa nel giro di qualche ora. La mattina sta già bene." Mi accarezza i capelli scostandomeli dal viso, la preoccupazione scolpita nelle rughe del suo volto.

"Starò bene anche io."

Mi accarezza la guancia con il pollice. "Sei incredibilmente coraggiosa. Sei materiale alfa, anche se non sei una lupa."

Lo osservo. "Cosa significa, esattamente?"

Il suo volto si adombra, come se avesse qualcosa da nascondere. "Niente. Solo che sei una buona compagna per un alfa."

Ah. Adesso capisco. "Solo che la compagna di un alfa dovrebbe essere una lupa."

Garrett serra la mandibola. "Non mi interessa."

Non serve essere sensitivi per capire che mi sta nascondendo qualcosa. Che mi sta proteggendo da qualcosa. *Merdaccia*. La mia certezza sull'essere marchiata si sta sfaldando. "Quindi è un problema che io sia umana? Certo che lo è." Rispondo da sola alla mia domanda. "Perché i tuoi figli non saranno mutanti."

"Forse," mi corregge. "E questo è irrilevante. Come anche il fatto che io sia un alfa," dichiara.

Ho la pelle d'oca sulle braccia. Ho la testa annebbiata per la droga del siero e la scuoto per cercare di schiarirmi le idee. "Aspetta… potresti perdere la tua posizione di alfa? Perché ti sei accoppiato con me?"

Il suo volto si fa duro. "Non sei solo un'umana. Sei una persona paranormale, hai un occhio interiore. Sei una compagna perfetta per un alfa," ripete, come se stesse parlando con i miei potenziali detrattori.

Mi si annebbia la vista. "Mi spiace."

"No," dice con ferocia. "Non chiedere scusa. Faresti bene a non essere dispiaciuta per me, perché sono il fortunato figlio di puttana che ha trovato la sua anima gemella. Pensi che l'urgenza di prendere una compagna si verifichi a ogni luna piena, con qualsiasi femmina? No. Non ho mai provato questo impulso prima di conoscere te. Quindi mi sarò anche trattenuto, ma non perché ero preoccupato di perdere la mia posizione come alfa o perché avevo paura dello stigma di accoppiarmi con un'umana, né niente del genere. Mi hai capito?" Mi prende il mento tra le mani. "È stato solo per paura di farti male, e anche perché non era giusto che ti facessi mia in queste circostanze."

"Quali circostanze?"

La sua voce si fa più cupa. "Ti ho costretta con la forza ad aiutarmi. Ti ho portata qui contro la tua volontà. Mi conosci appena. E non sai in cosa ti sei ficcata diventando la mia compagna."

Il siero ora mi ha rilassato, portandosi via l'agitazione e l'acutezza del dolore. "In cosa mi sono ficcata?" La mia voce è leggermente scherzosa e ironica. "Sono diventata la compagna di un lupo dominante che minaccia di sculacciarmi quando non eseguo gli ordini?" Solo pronunciare queste parole riaccende il desiderio di prima, e quando Garrett inspira di scatto so che ha sentito l'odore della mia eccitazione.

"Hai un compagno che userà il tuo piccolo corpo in tutti i modi che vuole, in qualsiasi momento, in qualsiasi luogo," ringhia nel mio orecchio. Stringendo le dita attorno ai miei capelli, mi tira indietro la testa.

Sento una stretta in mezzo alle gambe.

"Quando fai qualcosa che non approvo, ti tirerò giù le mutandine e ti sculaccerò con le mie mani. Ti infilerò il mio grosso cazzo nel culo e non ti farò venire."

Una risatina sciocca mi sfugge dalle labbra. Il mio corpo si tramuta in liquido desiderio mentre l'orgasmo incombe su di me senza che le zone erogene neanche vengano toccate. Lui sembra capirlo, perché infila le sue grosse dita tra le mie cosce, trovando il bocciolo rigonfio del clitoride.

"Ti legherò al letto per scoparti allo stremo. E quando avrò finito, ti infilerò un bel tappo nel culo e ti sculaccerò, solo perché ne ho voglia."

"T-tu sei pazzo," mormoro, ma le cosce si stringono e un orgasmo mi trapassa. I muscoli del mio pavimento pelvico si sollevano mentre il mio sesso si contrae in una serie di onde.

Garrett mi mette una mano dietro alla nuca. "Dannazione, ragazza mia, anche se ti ho marchiata, non so come farò a non scoparti ininterrottamente da qui a domenica."

"Cosa ti trattiene?" chiedo, con la voce più sexy che riesco a produrre.

"Le ferite aperte sulla tua spalla." Ecco rovinato il momento. "E la consapevolezza che mio padre sarà presto qui."

Il lampo di qualcosa scatta in me. "È già qui," dico, subito prima di udire bussare con forza alla porta della suite.

CAPITOLO DIECI

 *arrett*

"Tu aspetta qui, bambola." La sposto dal mio grembo al letto. Dubito che mio padre accoglierà con giubilo la nostra unione e non ho la minima intenzione di sottomettere Amber alla sua reazione.

È così adorabile, i capelli scompigliati e gli occhi luccicanti, con quell'espressione da donna appena scopata. Il colore è tornato a rinvigorirle le guance, grazie al cielo. Stampo la bocca sulle sue labbra carnose ed esco, quasi incapace di toglierle gli occhi di dosso. *La mia umana. La mia compagna.* Stento quasi a crederci.

Jared ha già fatto entrare mio padre e i tre migliori del suo branco, che ora si trovano raggruppati nella suite con espressioni cupe in volto. Vengo colpito da una fresca stoccata di vergogna per la mia incapacità di recuperare Sedona, quando avanzo per stringere la mano di mio padre. Non è tipo da abbracci: mantiene la sua fredda autorità da una certa distanza, anche con i parenti.

"Figliolo." Mi stringe la mano. "Che diavolo sta succedendo?"

"Sedona è stata rapita da dei lupi durante le vacanze di primavera a San Carlos. Si trova in una zona remota chiamata Monte Lobo. Con i tuoi rinforzi, il piano è di andare a liberarla alle prime luci dell'alba."

"Avresti dovuto chiamarmi subito."

Mi aspettavo questa critica, ma si presenta comunque come un peso nel petto. "Lo so. Volevo occuparmene senza preoccuparti. Ma hai ragione e mi dispiace."

Mio padre mi scruta, i suoi occhi grigi duri come l'acciaio, le rughe sul volto che lo fanno apparire molto più vecchio di quello che ricordavo. Mi rendo conto con stupore che non avrebbe più la meglio in una lotta tra noi due per la posizione di alfa. Non che io l'abbia mai effettivamente sfidato. Mio padre fa un cenno con la testa. "Chi diavolo è Amber?"

Neanche a farlo apposta, la mia umana esce dalla stanza, vestita ma con un aspetto ancora leggermente intontito.

Il mio cuore sbanda. Tendo il braccio e lei ci si infila sotto, accoccolandosi contro di me.

"Amber Drake, signore." Gli porge la mano. Non so come faccia a sapere che deve chiamarlo *signore*, ma apprezzo la sua capacità di adattarsi alla situazione. È uno scricciolo, ma la vedo farsi più alta, raddrizzare la schiena. Dev'essere un'avversaria formidabile in tribunale.

"È la mia compagna." Intesso le mie parole con un tocco di durezza per avvisare mio padre che non provi a lanciarsi in alcun insulto. Potrà anche non approvare, ma è fatta, e lui dovrà abituarcisi.

Lo sguardo di mio padre scorre sulla ferita fresca sulla

spalla di Amber e si sofferma poi sul suo volto. Le lancia un'occhiata severa, come se fosse un membro del suo branco. "Ti avevo detto di restare al tuo posto, signorina."

"Lasciala in pace," ringhio, ma Amber non sembra per niente scossa.

"Lo so, signore."

Mio padre continua a fissarla torvo, ma lei sorprendentemente non si lascia intimidire. Se mostrasse il minimo segno di disagio, aggredirei mio padre qui e ora: gli farei vedere chi è l'alfa adesso.

"Quindi sei andata a salvare questi lupi tutta da sola?"

Amber solleva il mento come ha fatto la sera che l'ho incontrata nell'ascensore, rifiutando di mostrarsi intimorita. "Dovevo farlo, signore. L'avevo visto in una visione."

"Questo non me l'avevi detto." La cosa allenta un po' il senso di colpa per averla messa a rischio.

"Non eri dell'umore per chiacchierare." Mi guarda da sotto le sue ciglia, facendomi saltare il cuore in petto, mandandolo a sbattere contro alla gabbia toracica. Un esserino così piccolo e mi tiene in pugno con una tale fermezza.

"Quindi vedi delle cose?" chiede mio padre. Lo scetticismo gli solca il volto.

Amber annuisce. "A volte, signore. Non riesco sempre a controllarlo." Il suo volto si contorce in una smorfia di dolore.

Dio del cielo, sono le ferite del morso. La tiro più vicina a me, pronto a portarla in ospedale al minimo cenno.

"Sedona è stata marchiata," dice Amber in un singulto.

Il suo sussulto era una visione, non la ferita.

"Ma il suo compagno non l'ha rapita. Sta lavorando per liberarla."

"Il suo *compagno*?" chiede bruscamente mio padre.

Amber dilata gli occhi, come se la rivelazione sorprendesse anche lei. Guarda oltre mio padre, i suoi occhi si ammorbidiscono. "Sì... sono stati imprigionati insieme durante la luna piena. Lui l'ha marchiata."

"Sai dove si trova?" chiede mio padre secco, guardando me.

Io annuisco.

"Allora muoviamoci. Abbiamo tre furgoni di lupi che ci aspettano in strada. Niente umani."

Anche se sono d'accordo, odio che dia ordini senza neanche guardare Amber.

Mi giro verso di lei e le prendo il viso tra le mani. "Ho bisogno che tu resti qui, piccola. Non dovrei dirtelo, ma questa volta non pensare neanche lontanamente di venirmi a salvare. Indipendentemente da quello che ti mostrano le visioni. Capito?"

Amber annuisce. In lei c'è una traccia di tristezza che non riesco bene a spiegare, ma mio padre sta già spingendo tutti fuori dalla porta.

"Trey, tu stai con Amber. Nel caso le ferite peggiorino," ordino.

"No, sto bene," interviene lei. "Benissimo. Voi andate."

Esito, combattuto tra il bisogno di essere del tutto pronto quando arriveremo da Sedona e la preoccupazione per Amber.

Lei ci spinge verso la porta. "Sto bene. Chiuderò la porta, ordinerò il servizio in camera e aspetterò il vostro ritorno."

"Ok," dico cedendo. Mi chino a baciarla. "Riposati, piccola. Dormi fino a domani. Ti chiamo sul telefono dell'-hotel per aggiornarti."

Lei si alza in punta di piedi e mi restituisce il bacio, quindi la lascio, seppur riluttante. Ha il volto adombrato, e l'unico modo in cui riesco a convincere il mio lupo ad andarsene è giurando tacitamente di tornare.

~.~

Amber

LA NAUSEA mi colpisce nel momento in cui se ne vanno. Tra i farmaci e la sensazione lasciatami addosso dal marchio, il dolore e la stanchezza in generale, il corpo si ribella a quello che so di dover fare...

Andarmene.

Se avessi saputo che marchiandomi Garrett avrebbe perso la sua posizione di alfa, non gli avrei mai permesso di farlo. Il suo branco è tutto per lui. Ho visto quanto sono uniti, più legati di una famiglia. Si vogliono bene, si proteggono a vicenda. I suoi ragazzi farebbero qualsiasi cosa per lui. Ha un tatuaggio del branco sulla spalla, per Dio!

Un forte senso di solitudine mi scorre dentro con impeto al solo pensiero di lasciarlo. Prima di incontrare Garrett, riuscivo a gestire la mia solitudine. Usavo le misure di ordine e controllo, e il senso di contribuire alla società, per alimentare la mia vita.

Ma ora sento tutte queste cose per quello che realmente erano: una maschera per nascondere la verità che mi ha sempre perseguitato. Sono sola al mondo.

Il che va bene. Non tutti possono appartenere a grossi branchi o famiglie. Ho imparato a gestire le cose da sola, e riuscirò a farlo anche senza Garrett. Ho il mio lavoro. E la mia migliore amica. E bambini orfani che hanno bisogno del mio aiuto. Beh, sì, quello è il mio lavoro.

Siamo compagni solo da poche ore. Lo considero il mio ragazzo solo da un giorno.

Lasciarlo e dimenticarlo non sarà così difficile.

Già, giusto.

Mi bruciano gli occhi mentre getto le mie cose nel trolley argentato che ho preparato quando Garrett mi ha ordinato di fare le valigie. Ogni volta che scivolo nell'autocommiserazione, ricordo a me stessa che lo sto facendo per Garrett. Merita una lupa alfa come compagna.

Non Amber la Pazza.

Decisamente non Amber la Pazza.

Io stessa non voglio Amber la Pazza, come potrebbe mai volerla Garrett?

No, la sua preoccupazione per Sedona, la luna piena e la vicinanza a me lo hanno reso impetuoso. Prima o poi si renderà conto di aver commesso un errore. Magari la prossima settimana. Magari tra un mese. Magari non prima di tre mesi. Ma succederà, come l'inevitabilità della prossima luna piena. Meglio strappare il cerotto velocemente. O andarmene prima di ulteriori danni.

È stato un fine settimana selvaggio, ma tutto qui. Selvaggio. E un fine settimana.

Esco dalla stanza e prendo l'ascensore per scendere alla lobby. È passata la mezzanotte, ma trovo un taxi fuori dall'hotel e chiedo di andare all'aeroporto.

Mentre mi allontano, la testa inizia a pulsare. Tiro fuori dalla borsetta la boccetta di ibuprofene portatomi da Trey e prendo tre pillole, anche se so che non mi faranno niente. Fisso le strade buie scorrere fuori dal finestrino e mi preparo al dolore. Non alla testa, ma per il giavellotto gigante che mi ha trafitto il petto.

Supererò anche questa. Lo faccio sempre.

All'aeroporto, controllo le partenze e ne trovo una per

Phoenix alle sei. Sono due ore da Tucson, ma è abbastanza vicino. Pago un biglietto e mi siedo su una sedia ad aspettare che faccia mattina.

Le visioni arrivano nel momento in cui chiudo gli occhi. Le respingo, ma sembra che la testa possa esplodere. Vedo, come in un video accelerato, Sedona, una bella ragazza mora, rinchiusa in una stanza scarsamente arredata insieme a un giovane messicano. La scena si offusca e cambia mostrando una lotta tra il giovane e i lupi di guardia alla porta. Poi loro due su una bellissima veranda che si affaccia su una grande giungla. Il furgone che Trey ha rubato dal magazzino passa nella strada sottostante.

Garrett.

Il mio corpo lo desidera, come se mi avesse infuso dentro non solo il suo odore, ma la sua essenza stessa, rendendomi per sempre drogata di lui. Spingo via le visioni, le ricaccio giù. Mi tremano le gambe quando mi alzo in piedi, ma vado al bagno per spruzzarmi dell'acqua fredda in viso. È quasi mattino. Il mio aereo partirà presto e lì potrò dormire.

Domani sarò a casa, e potrò fare finta che tutto questo non sia mai successo.

Mi guardo nello specchio, ma non vedo me stessa. Vedo la donna dai capelli bianchi che avevo incontrato nel bagno dell'aeroporto anni prima. Mi fissa con occhi accusatori.

"Mi spiace," dico con voce strozzata, ma la stanza sta ruotando. Tutto quello che posso fare è tenermi stretta al ripiano del lavabo per non cadere.

L'ultima cosa che ricordo è la vista che si spegne un secondo prima che la testa colpisca qualcosa di duro, facendomi perdere conoscenza.

~.~

Garrett

MI SIEDO sul posto del passeggero del furgone da venti persone e mi schiaccio rumorosamente le nocche tatuate. Abbiamo tre furgoni giganti – più simili a pulmini – che proseguono in carovana attraverso la giungla. Mio padre ha portato con sé sessanta uomini. I Montelobos ne hanno oltre un centinaio. Siamo abbastanza bilanciati, considerata la potenziale ferocia del mio branco natale. Però è comunque la prima volta che lotto mentre c'è qualcuno che attende il mio ritorno.

La vita mi sembra più preziosa adesso. La mia stessa vita, quella di Amber. Di certo quella di Sedona. Dio del cielo, è una bambina appena. Ancora. Non doveva succederle una cosa del genere.

Viaggio nel furgone con i miei compagni di branco, per far loro sapere quanto apprezzo il loro supporto. Quanto questa battaglia sia importante per me. Non entrerò là dentro per perdere. Perdere non è nel mio sangue, soprattutto se è coinvolta Sedona. Dato che lo stesso sangue scorre anche nelle vene di mio padre, so che siamo imbattibili.

Il viaggio richiede due ore e mezza. Il tempo che basta per poter rivedere nella mente ogni momento trascorso con Amber, dal giorno in cui l'ho conosciuta fino all'istante in cui l'ho lasciata all'hotel. In un breve lasso di tempo, ha completamente cambiato la mia vita.

Mi sento molto distante dal ragazzo festaiolo che non si vuole sistemare di una settimana fa. Quello che mio padre ha strigliato per bene per la sua incapacità di essere uomo e comportarsi da leader. Quello che non prendeva mai le cose davvero sul serio. Sì, sono diventato un uomo d'affari di successo, ma non è stato difficile. Ho il tocco di Mida. Sono entrato nel mercato immobiliare al momento giusto. Mio padre mi ha fornito il capitale iniziale, ma sono stato capace di restituirglielo nel giro di un anno. Il resto l'ho fatto da me.

È semplicissimo adesso vedere che facevo il ribelle per paura di diventare come mio padre. Paura di diventare lo stronzo che guida con durezza il branco e la famiglia.

Ma ora che l'istinto di proteggere le persone per me preziose – Amber e Sedona, ma anche i membri del branco – è partito in quarta, capisco cosa intendesse dire. Ho fatto scelte diverse in merito allo stile di comando, ma è probabile che entrambi abbiamo lo stesso obiettivo. E ora che ho una compagna, mi appare evidente che devo crescere.

Devo essere il genere di uomo che Amber sarebbe fiera di presentare ai colleghi. Ai bambini del sistema affidatario di cui si prende cura. Il che non significa che mi metterò in giacca e cravatta, ma è ora di smettere di vivere come un fighetto immaturo.

Il furgone imbocca una stretta strada sterrata, salendo sempre più su nella fitta foresta pluviale. Tutto appare rurale e povero fino a che non ci fermiamo davanti a un modernissimo e tecnologico cancello. Io e mio padre smontiamo dal mezzo. Spacco la videocamera di sicurezza che ci sta fissando e lo aiuto a scardinare il cancello, piegando e strappando il metallo.

Sono pronto già lì a tramutarmi e correre dentro a quattro zampe, ma mio padre ordina al furgone di avanzare. Mi tolgo la maglietta di dosso quando rientro nel veicolo e i miei ragazzi fanno lo stesso. Saremo pronti a incontrarli, in forma umana o di lupo: quello che serve.

Avanziamo per altre cinque miglia, sempre risalendo il versante della montagna. In lontananza si intravede una cittadella. Non c'è altra parola per descriverla. Circondato da lisce pareti d'argilla, sulla collina si erge un palazzo enorme, con balconi contornati da balaustre e torrette innalzate a sorvegliare le piccole capanne dal tetto di paglia sparpagliate sotto. Un luogo in stile medievale per accogliere principi e contadini, ecco cosa mi sembra.

La strada termina davanti a un ponte levatoio gigantesco, ovviamente chiuso.

Il furgone si ferma e iniziamo a scendere. Un lampo di movimento alle nostre spalle mi fa ruotare e parzialmente tramutare, ma mi fermo di colpo.

"Sedona?"

Mia sorella sta correndo verso di noi a tutta velocità. Indossa un vestito svolazzante e all'antica e sento l'odore del suo sangue mescolato a quello di un maschio.

Amber aveva ragione. Non che ne dubitassi. Sedona è stata marchiata.

"Garrett!" Si lancia in aria e vola tra le mie braccia, abbracciandomi come una bambina.

Io cado indietro per l'impatto e ricambio l'abbraccio. "Sedona. Stai bene. Adesso siamo qui."

Quando mio padre ci raggiunge, la metto giù e lei abbraccia anche lui.

"Come entriamo? Ho intenzione di ammazzare ogni singolo figlio di puttana…"

"*No.*" Sedona si lancia un'occhiata dietro alle spalle, verso il punto da cui è arrivata. Lì c'è un ragazzino che non avrà più di nove anni, che ci guarda incerto. "Portatemi fuori di qui. Non voglio combattimenti. Voglio solo andare a casa. Andiamo."

Mio padre scuote la testa. "Nessuno ruba mia figlia per poi restare in vita."

"Non mi hanno rubata, mi hanno comprata. Ben venga

che tu ammazzi chi mi ha rapito, ma io voglio andare a casa. Nessuno spargimento di sangue. Andiamocene e basta."

Vedo che mio padre non è d'accordo, quindi lo prendo per un braccio e faccio un cenno della testa in direzione del furgone. "Papà, vieni qui."

La sua bocca si serra a formare una linea stretta, ma mi segue dietro al veicolo, dove possiamo parlare in privato. Beh, la privacy è decisamente un'illusione, perché i lupi hanno un udito incredibile, ma almeno gli altri capiscono che vogliamo parlare tra noi soltanto.

"Papà, non pensi che Sedona ne abbia già passate abbastanza? È stata *marchiata*. È possibile che abbia dei sentimenti contrastanti nei confronti del tizio. L'ultima cosa che le serve è un altro trauma. Se dice di non volere spargimenti di sangue, penso che dovremmo onorare i suoi desideri."

Mio padre ringhia.

Io non mi muovo, rifiutandomi di sollevare il mento e sottomettermi al suo animale. Il mio lupo è un alfa adesso. Mio padre mi deve stare ad ascoltare.

"Se non li ammazziamo, diamo loro il messaggio che siamo deboli."

"Quindi torneremo poi a massacrare l'intera cittadina," dico con tono asciutto, ben sapendo che mio padre è capace di tale violenza. "Io dico che adesso portiamo Sedona fuori di qui, sentiamo la sua storia e ci riorganizziamo. Se decidiamo di tornare, torniamo. Io stesso farei a brandelli ogni singolo figlio di puttana. Sai che lo farei."

La vibrazione nel petto di mio padre sfuma e si smorza. Lui annuisce e fa il giro del furgone, dando l'ordine di rimontare su. Io sbatto le palpebre: sono esterrefatto che mio padre mi abbia davvero dato ascolto.

Gli uomini si muovono con precisione militare e la nostra carovana è in marcia meno di sessanta secondi dopo. Mi siedo dietro con Sedona, stringendole un braccio attorno alle spalle e aspettando che sia pronta a parlare.

~.~

Stiamo viaggiando attraverso le strade di Città del Messico quando Sedona finalmente parla. "Come avete fatto a trovarmi?" Nonostante l'odissea vissuta, ha un aspetto vibrante, trasuda giovinezza e vitalità, come se il suo lupo fosse contento di essere stato marchiato.

"Ti ha trovata la mia compagna." C'è così tanto orgoglio nella mia voce quando parlo, che sono sicuro che Amber possa sentire il mio amore fino alla suite.

Sto tornando da te, piccola. Ci sono quasi.

Sedona alza i suoi stanchi occhi verdi. "La tua *compagna?*"

Tocco il suo collo, sotto alla nuca, dove i segni del morso stanno guarendo. "A quanto pare entrambi ci siamo accoppiati con questa luna piena."

Gli occhi di Sedona si riempiono di lacrime e distoglie lo sguardo. Sono pronto ad ammazzare lo stronzo che le ha fatto questo e muoio dalla voglia di sentire tutta la sua storia, ma mi sforzo di restare in silenzio. Se divento aggressivo, lei si chiuderà a riccio.

"Raccontami di lei." La sua voce è pregna di lacrime.

Le do un bacio sulla testa. "Si chiama Amber. È un'umana sensitiva e fa l'avvocato. Ed è la mia vicina di casa. Quando sei sparita, le ho detto che avevamo bisogno del suo aiuto e l'abbiamo portata con noi in Messico. Lei ci ha aiutati a seguire le tue tracce fino a Città del Messico, dove abbiamo trovato i tuoi rapitori – che sono morti da un pezzo, comunque – e poi ci ha dato una mano a trovare le informazioni su questo posto.

"Un'umana, eh? Non l'avrei mai immaginato." Non sento nessuna traccia di giudizio nella voce di Sedona, altrimenti mi sarei messo sulla difensiva. Mi aspetto comunque altra merda da parte di mio padre.

"Neppure io." Scrollo le spalle. "L'ha scelta il mio lupo."

Il volto di Sedona si adombra e la tristezza penetra nel suo sguardo. "Già. Mi sa che succede."

Merda. Dev'essersi innamorata del suo compagno, chiunque egli sia. Magari è la sindrome di Stoccolma.

"Sei sicura che non vuoi che torni lì ad ammazzare l'intero branco dei Montelobos? Perché non esiterei un secondo se me lo ordinassi, sorellina."

Lei scuote la testa. "Sono sicura. Impedisci anche a papà di tornare. Penso… sono solo un branco incasinato." Volta il viso verso di me. "Allora, dov'è Amber adesso? Quando posso conoscerla?"

So che sta indossando una maschera allegra e spensierata per me, e la cosa mi ammazza. Ci fermiamo davanti all'albergo. "È nella suite. Vieni. Te la faccio conoscere adesso."

Scendiamo tutti dal furgone e io entro in ascensore con Sedona, Trey e Jared. Noto che Sedona è veloce a venirmi vicino, come anche è stata veloce a salire sul furgone dietro di me prima. Non vuole doversi confrontare con nostro padre. Non la posso biasimare. Le metto un braccio attorno alle spalle e lei si appoggia a me.

Sono via solo da sei ore, ma muoio dalla voglia di vedere Amber. Dio del cielo, spero che la ferita non le abbia causato guai. Probabilmente è stata moga per tutto il tempo.

Passo la chiave magnetica nel lettore e apro la porta.

Appena lo faccio, capisco immediatamente che c'è qualcosa che non va.

Qua dentro non c'è l'odore di Amber. Beh ce ne sono delle tracce, ma lei non è nella stanza. "Amber?" la chiamo. C'è un biglietto sul tavolo e lo afferro.

GARRETT,

NON TI VOGLIO LEGARE *a una cosa accaduta sotto l'influenza dello stress e della luna piena. So che un'umana come compagna andrebbe a modificare la tua posizione nel branco e nei confronti di tuo padre, e non voglio portare sulle spalle questo peso. Sigliamo questa cosa come un secondo appuntamento molto interessante e chiudiamola qui.*

Ho preso un aereo per Tucson. Ti prego di darmi del tempo prima di fermarti da me. Ho bisogno di un po' di spazio per potermi riprendere e guarire.

CON AFFETTO
Amber

NO.

Il ringhio scuote i quadri alle pareti. Accartoccio il pezzo di carta e lo getto sul pavimento.

Non può essersene andata.

Non lo accetto.

Prendo il telefono e clicco sul suo numero prima di ricordarmi che qui il suo cellulare non funziona. Lo lascio comunque suonare e parte la segreteria telefonica.

"Amber. Ho immediato bisogno di parlarti. Chiamami." Voglio dirle un milione di cose ma non mi fido di me, perché so che manderò tutto a puttane dicendo qualcosa di stupido. Trey, Jared e Sedona sono tutti e tre con gli occhi sgranati e se ne stanno con cautela a debita distanza, pur mantenendo un'espressione comprensiva e commiserevole in volto. "Trey, chiedi a Kylie di scoprire su che aereo si trova."

"Subito, G."

Cammino in cerchio nella stanza e sbatto il pugno contro il muro.

"Garrett," dice Sedona con tono secco.

Mi giro per guardarla, i pugni serrati. I miei ringhi rendono difficile sentire qualsiasi altro suono.

"Se rivuoi indietro la tua compagna, sarà meglio che trovi un piano migliore che aprire buchi nel muro."

Sbatto le palpebre. Mi ci vuole un minuto buono per capire le sue parole, ma poi mi rendo conto che ha ragione.

"*Cazzo*." Mi passo tutte e dieci le dita tra i capelli e mi tengo la testa.

Non ho idea di come riconquistare la mia compagna. Chiaramente non avevo la minima idea di come corteggiarla fin dall'inizio, dato che ha detto che i nostri primi due appuntamenti sono stati epicamente orribili.

Il telefono di Trey suona. "Sei fortunato. Ha prenotato un volo la mattina presto da Città del Messico, ma non ci è mai salita. Ora ha prenotato un altro volo che parte tra…" Guarda il telefono, "… un'ora. Andiamo."

Sono sollevato che Trey abbia preso il comando per il momento, mentre il mio cervello cerca di tenere a freno il feroce desiderio del mio lupo di reclamare la compagna. Lo seguiamo tutti nell'ascensore e scendiamo. Mio padre e alcuni membri del suo branco sono ancora nella lobby e ci parlano, ma io non sento niente a causa del ronzio che ho nelle orecchie. In qualche modo finiscono per seguirci anche loro e saliamo tutti quanti sui furgoni.

Mentre il veicolo sfreccia nel traffico, la mia mente replica ogni istante trascorso con Amber dal giorno in cui l'ho conosciuta.

Se avevo dubbi sul motivo per cui l'ho scelta come compagna, ora è tutto chiarissimo. Un bagliore pervade ogni interazione che abbiamo avuto. Amber Drake è un dono. Per questo mondo. Per i bambini che aiuta. Per me. Ha il cuore di un angelo e il coraggio di un mutante. È delicata ma forte. Potente in un modo tutto suo. La sua capacità di amare, di perdonare, di offrire il suo tempo e il suo cuore agli altri non ha limiti.

Ho bisogno di lei.

Non solo per il mio lupo. Ma per me.

E farò qualsiasi cosa si renda necessaria per fare in modo di meritarmi Amber Drake.

~.~

Amber

CHE SIA MESSO AGLI ATTI: *Rompere con un lupo causa seri mal di testa.* Mi sveglio sul pavimento del bagno e scopro di aver perso l'aereo. Non ho idea di quanto sia rimasta sdraiata lì né se qualcuno abbia tentato di aiutarmi.

Le altre donne nel bagno disegnano degli ampi cerchi per evitare di passarmi vicino, come se fossi contagiosa. Non sia mai che qualcuno abbia chiamato il 911. Certo che no: quel numero non funziona in Messico.

Mi trascino al banco di una biglietteria, prenoto il volo successivo per gli Stati Uniti e mi siedo ad aspettare. La luce che filtra dalle finestre mi frusta la testa come fosse un oggetto fisico. La nausea mi rende leggermente frastornata.

Ce la posso fare. Devo solo arrivare a casa, mettermi a letto.

Ovviamente quel pensiero mi ricorda l'ultimo mal di testa che ho avuto, quando Garrett mi ha portata a letto e mi ha posato un panno umido e fresco in fronte. Come ho potuto pensare che fosse un criminale? Avrà anche un aspetto rude, ma è un gigante gentile. Non ha mai avuto intenzione di farmi del male.

Ma l'ha fatto.

Non il morso: quello so che guarirà. E so anche che sono stata io a chiederlo.

È il cuore che potrebbe non rimarginarsi mai.

Ho passato tutta la vita senza mai sentirmi al sicuro. O tutta d'un pezzo. O amata. Non sono mai appartenuta a nessun contesto, non mi sono mai inserita da nessuna parte. Con Garrett tutto questo è scomparso. Lui mi ha abbracciata interamente. Non solo Amber l'Avvocato. Mi ha voluto bene, si è preso cura della mia sicurezza.

Ma accettare di diventare la sua compagna dopo un solo fine settimana è stato stupido. È stato l'equivalente di un matrimonio di mezzanotte a Las Vegas da ubriachi. Con o senza il parroco vestito da Elvis. L'evento dopo il quale ti svegli e ti rendi conto che è stato un grosso errore.

Quindi me ne vado a casa. Torno a essere Amber l'Avvocato. Continuo ad aiutare i bambini. E prima o poi i ricordi di questo fine settimana svaniranno.

Giusto?

Massaggio le tempie pulsanti e scivolo più giù sulla scomoda sedia di plastica.

Della confusione vicino al gate della sicurezza mi costringe ad aprire un occhio per sbirciare, e resto impietrita.

Garrett sta venendo a grandi passi verso di me, affiancato da una dozzina di uomini enormi e dall'aspetto cattivo, tra cui anche Trey, Jared e suo padre. Oh, e una ragazza che deve essere sua sorella.

Un'oscura determinazione gli segna il viso mentre divora lo spazio tra noi, gli occhi incollati ai miei. Mi preparo all'esplosione del mal di testa, alla possibilità di svenire di nuovo, ma non succede. Invece il mio mondo si placa. Tutto il rumore nella testa svanisce.

Resisto alla tentazione di appoggiarmi a questa sensazione. A Garrett. È per lui che me ne sono andata. Starà molto meglio senza di me. Quindi non posso permettere che a decidere per me sia il cuore, che al momento sta facendo le capriole nel petto facendomi vibrare tutto il corpo per l'eccitazione di vederlo.

Tra noi è finita.

Garrett si avvicina così veloce e furioso, che temo che farà saltare per aria l'intera fila di sedie dove sono seduta, ma si ferma di scatto quando mi raggiunge. Si ferma di scatto e si accuccia davanti a me.

"Garrett, no."

"Piccola."

Oh Dio. Non avevo calcolato che potesse parlarmi con tono così morbido, così tenero. Ero sicura che avrebbe fatto la scena del padrone, con le sue solite stronzate da lupo dominante. Ero pronta a difendere il mio caso. Ma questa dolcezza mi colpisce in pieno, mi pervade con un'ondata di desiderio e dolore che si mescolano nel mio petto e crescono, ribollendo come in una pentola a pressione.

Garrett si schiarisce la gola, come se non fosse sicuro di cosa dire. Non sono abituata a vedere questo lupo, normalmente così pieno di sé, a corto di parole e impacciato come adesso. "Ho fatto un sacco di errori. Se dovessi rifare tutto da capo, mi assicurerei che il nostro primo e secondo appuntamento siano i migliori della tua vita."

Le lacrime mi salgono agli occhi. Sbatto furiosamente le palpebre: non voglio versarle.

La scorta di Garrett si è riunita alle mie spalle e non ci offre la minima privacy, come se anche loro avessero voce in capitolo .

"Mi assicurerei che tu non dubitassi mai dei sentimenti che provo per te. E mi assicurerei che sapessi che non è stata la luna piena né il mio lupo a sceglierti come mia compagna. *Io* ti ho scelta, Amber Drake. Umana. Con il dono della sensitività. Avvocato dal cuore grande. Ho bisogno di te, piccola. E non me ne frega niente di quello che possono pensare loro." Alla fine riconosce la presenza del pubblico con un rapido cenno della testa. "Non me ne frega niente se perderò la mia posizione di alfa. O se la famiglia mi ripudierà. L'unica cosa che mi interessa sei tu. Essere con te. Essere *per* te. Perché nulla in vita mia ha mai voluto dire niente fino a che non ti ho incontrata. Ora so qual è il mio scopo."

Alla faccia del trattenermi dal piangere. Le lacrime mi rigano il volto mentre tento di non lanciarmi tra le braccia di Garrett. "E qual è?" sussurro.

"Rendermi degno di te."

"Piantala," dico con voce strozzata.

"Mi luciderò le scarpe e venderò la moto, se vuoi. Cederò il locale ai ragazzi. Aiuterò i tuoi bambini in affido. Qualsiasi cosa ti serva da parte mia, io la farò, Amber. Perché sei mia. Te l'ho detto quando ti ho marchiata: non ti lascerò andare mai. E dicevo sul serio. Intendo rimboccarmi le maniche per la tua felicità. Intendo renderti orgogliosa di definirmi tuo compagno."

Alla faccia del non lanciarmi.

Volo tra le braccia di Garrett e lui mi prende. Le mie braccia si stringono con forza attorno al suo collo, quasi strozzandolo.

"Piccola," dice con voce roca. "È un *sì*?"

"Sì," sussurro.

Il branco si stringe attorno a noi in un cerchio serrato. Jared mi posa una mano sulla schiena, Trey tocca Garrett.

Il padre di Garrett si schiarisce la gola. "Pare che Amber ti abbia dato l'ispirazione che io non sono mai riuscito a suscitare in te."

Garrett rifiuta di lasciarmi e mi sussurra tra i capelli delle parole incomprensibili.

"Benvenuta in famiglia, Amber," dice il signor Green con voce vibrante. "Apprezzo ciò che hai fatto per salvare entrambi i miei figli questo fine settimana."

"Benvenuta nel branco," mormorano Trey e Jared, imitati da tante altre voci.

Garrett alla fine mi lascia andare e sua sorella prende entrambe le mie mani e le stringe. "Grazie per averli aiutati a trovarmi," dice. "E benvenuta in famiglia."

Libero le mani e abbraccio la bella moretta. Percepisco il suo cuore spezzato come risonanza di ciò che io avrei lasciato andare, e vorrei sistemare le cose per lei.

"Se ci volete scusare." Garrett mi prende per mano e mi spinge fuori dal cerchio. "Devo riportare la mia compagna all'albergo." Mi guarda, gli occhi colmi d'affetto. "Voleremo a casa domani. Insieme. Ok?"

Annuisco senza parlare. Dovrò chiamare al lavoro e avvertire che domani non ci sarò, ma va bene così. Non ho nessun appuntamento in tribunale.

Garrett mi solleva tra le sue braccia ed esce a grandi passi dall'aeroporto, nonostante le mie proteste.

"Non ti preoccupare, Amber. Prendiamo noi le tue valigie," dice Trey alle nostre spalle.

Appoggio la testa contro il collo di Garrett. "Come hai fatto a passare la sicurezza senza biglietto?" gli chiedo.

"Non lo so. Ha fatto Trey."

Giusto. Lui ha un branco. Un branco che ora è anche mio.

~.~

Garrett

ALL'HOTEL PRENDO una suite privata e Jared ci porta le nostre valigie.

Amber arrossisce come una sposa vergine: la cosa più graziosa che abbia mai visto. Arrossirà ancora di più quando scoprirà cos'ho in serbo per quel suo meraviglioso corpicino sexy.

"Via i vestiti." La voce mi esce più profonda del previsto.

Lei mi guarda inarcando le sopracciglia, probabilmente sorpresa dal rude ordine, considerato che finora l'ho trattata come un fiorellino delicato.

Qualsiasi cosa veda sul mio volto – dev'essere una sfrontata fame – le fa socchiudere le palpebre e indurire i capezzoli. Si leva i vestiti.

Rovisto in valigia alla ricerca del nastro isolante. Quando lo tiro fuori, lei arrossisce ma si porta entrambe le mani ai seni, come se le avessi procurato lì un dolore che ha bisogno di essere alleviato.

"Co-cosa stai facendo?"

Le mostro il nastro isolante, avanzando verso di lei come un predatore sicuro della sua preda. Ho il cazzo dolorosamente duro per la mia nuova compagna. "Dato che fai fatica a stare al tuo posto, ho pensato di fissarti e metterti in sicurezza."

Si lecca le labbra imbronciate. "Non sarà necessario." Dannazione, ha la voce roca. Adoro da matti quel suo tono. Non vedo l'ora di scoprire cos'altro posso tirarle fuori. Non ho ancora avuto il tempo di conoscere tutto il corpo della mia compagna e le sue reazioni: cosa la fa fremere, cosa la fa gridare. E ho proprio intenzione di rimediare subito.

Tiro via un pezzo di nastro e lo strappo. "Oh, io penso che sia necessario. Passerai tutto il giorno e tutta la notte legata al mio letto, bambola, e poi forse imparerai a non scappare." Strappo un secondo pezzo di nastro della stessa lunghezza del primo e li metto insieme, appicciando tra loro le due parti adesive. Non voglio ferire la pelle della mia compagna stasera. Avrò anche voglia di dominarla, ma è tutta una questione di piacere.

Lei si lascia andare a una risata soffocata. "Non intendo scapp…"

Interrompo la protesta con un bacio duro, e contemporaneamente le afferro i polsi e ci avvolgo attorno il nastro isolante, usandone un altro pezzetto per fissarlo. Infilo un dito sotto alle manette prodotte artigianalmente per assicurarmi che siano salde ma non troppo strette. "Dovrebbe andare bene." Piego un lungo pezzo di nastro a metà e lo faccio passare attraverso le manette, poi tiro la mia compagna fino al letto come una schiava in catene. "Sdraiati sulla schiena, tanto per cominciare." Indico il materasso con un rapido cenno del mento.

Un sorrisino le piega le labbra mentre si mette carponi sul letto e poi si adagia supina. Le tiro i polsi sopra alla testa e fisso il pezzo più lungo del nastro alla testiera, usando altro scotch. Se tirasse sul serio non terrebbe, ma qui si tratta più dell'illusione della cattura che di una reale prigionia.

Mi devo fermare un momento per godermi lo spettacolo.

Che perfezione, cazzo.

Il delizioso corpo nudo di Amber è disteso davanti ai miei occhi, come un'offerta, le tette sode che ricadono ai lati, la pancia che vibra a ogni respiro.

"Apri di più le gambe, bambola."

Lei separa di un po' le cosce, il rossore che le risale lungo il collo.

Mi stringo l'uccello attraverso i pantaloni e gemo. "Sei bellissima, avvocato. Quasi non resisto. Neanche ora che la luna piena è passata."

"Levati i vestiti," mi ordina lei, gli occhi sgranati, le ciglia che sfarfallano.

Scuoto la testa. "No."

La confusione le vela il volto. "Perché no?"

"Primo, angelo mio, sono io che do gli ordini in camera da letto, non tu. E sappiamo tutti e due che è così che ti piace, quindi non fingere il contrario. Secondo, questa è una punizione. Mi hai lasciato. Non me ne sono dimenticato. Quindi te ne starai sdraiata lì e riceverai quello che deciderò di darti, quando deciderò di dartelo. Capito?"

"N-non proprio." La sua voce vacilla, ma sento l'odore della sua eccitazione, e dal modo in cui il suo petto si alza e riabbassa rapidamente capisco che è eccitatissima dall'ordine.

Salgo lentamente sopra di lei, ancora del tutto vestito.

"Lascia che ti spieghi." Le afferro le ginocchia e le spingo fino alle sue spalle, allargandole. Guardo il piccolo cuore rosa tra le sue cosce e un ringhio di eccitazione mi sale dalla gola. "Adesso voglio leccare questa bella fica fino a che non ne sarò sazio. Se ci vorranno diciotto ore e dovrai gridare fino a perdere la voce, allora forse alla fine avrai imparato la lezione."

Ride in quel modo roco che mi fa davvero diventare matto.

Lancio un ringhio e riempio le mie mani delle sue natiche, sollevandola fino a che il suo succulento sesso incontra la mia bocca, e inizio a leccarla.

Lei freme, le ginocchia che si stringono sulle mie orecchie. La lecco lungo la fessura, separo le labbra e la solletico all'interno con la lingua. Le sue cosce si flettono e la sento gemere.

"Ecco, così bellezza, fammi gustare quello che è mio."

Succhio le labbra del suo sesso, le mordicchio e poi premo la lingua sul clitoride.

Lei grida in modo più acuto, il suono della disperazione. Appiattisco la lingua e lecco da ano a clitoride e lei inizia ad ansimare e gemere. Torno al suo clitoride e lo succhio mentre le infilo dentro un dito, poi due. Nel momento in cui accarezzo le sue pareti interne, lei freme, i suoi muscoli che si contraggono attorno alle mie dita, il culo che si stringe, il suo sesso spinto contro la mia faccia.

Sono in paradiso. Dare piacere alla mia femmina è chiaramente lo scopo della mia vita, perché non mi sono mai sentito tanto potente.

Appena arriva all'apice, ricomincio da capo.

La porto all'orgasmo ancora una volta. Poi parto per andare verso la terza.

Lei tira contro il nastro. "Non ce la faccio, Garrett," geme. "È troppo. È così intenso."

"Lo so, bambola. È una punizione. A chi appartieni?" Le lecco il culo, passando la lingua attorno alla sua piccola stella.

Lei lancia un gridolino, strizzando le natiche e sollevando tutto il pavimento pelvico. "A te! A Garrett, il più possessivo, testardo, dominante…"

"Uh oh!" Rido. "Qualcuno ha bisogno di una sculacciata."

Il suo pavimento pelvico si contrae di nuovo e capisco che l'idea le piace un sacco.

La faccio rotolare a pancia in giù, sistemando il nastro isolante per adeguarlo alla nuova posizione.

Lei fa ondeggiare il sedere, invitandomi a punirla.

Le assesto una serie di rapide sculacciate e poi la massaggio per alleviare il bruciore. "Sai cosa succede alle femmine cattive che lasciano il maschio che le ha marchiate?" Prendo uno dei cuscini e la sollevo, facendoglielo passare sotto.

"Co-cosa?"

"Vengono scopate di brutto." La sculaccio di nuovo, un colpo per ogni lato. "Sei pronta per la tua scopata punitiva?"

Il suo adorabile fondoschiena si stringe. "Dio, no." C'è una risatina nella sua voce.

"Male, piccola. Ora scoprirai cosa succede quando deludi il tuo compagno."

Le faccio divaricare le caviglie e uso dell'altro nastro per fissarle ai due lati del letto, sempre usando il metodo dello scotch piegato a metà per non applicarle la parte appiccicosa sulla pelle.

L'eccitazione le cola tra le gambe, mentre lei continua ad ansimare. La mia femmina è eccitatissima.

Le monto sopra e le avvicino le labbra all'orecchio. "Sai cosa succede se fai davvero la cattiva, bambola?"

"Che cosa?" Dio del cielo, quella voce roca. Mi ammazza.

"Ti scopo nel culo." Le assesto qualche bella sculacciata. "Vuoi che scopi il tuo bel culetto stretto?"

"No, signore."

Mi si rizza ancora di più l'uccello. Penso che continuerà a indurirsi ogni volta che mi chiama *signore*, fino al momento in cui morirò. La trovo così fottutamente eccitante quando si sottomette in questo modo.

Mi levo i vestiti di dosso e mi metto dietro ad Amber, scattando mentalmente un'istantanea della posa che ha così, con la faccia sul materasso, le gambe larghe, legata al letto. Inserisco la foto immaginaria nell'album che spero presto di riempire con milioni di altre immagini ad alto contenuto erotico: Amber con i polsi appesi al soffitto, Amber piegata sul letto che mi succhia l'uccello, Amber in ogni possibile posizione yoga, nuda, che aspetta un mio comando.

Un ringhio mi si leva dalla gola. Appoggio la punta del membro nell'incavo tra le sue gambe e strofino la cappella facendola scivolare sui suoi succhi. Lo faccio entrare piano, stuzzicandola e prendendomi tutto il tempo che voglio.

Lei ansima, sollevando di più il sedere e inclinando il bacino per concedermi un migliore accesso. Affondo dentro di lei e poi esco subito.

"No," piagnucola. "Cosa…"

Affondo dentro di nuovo.

"Sì. Così." Sembra senza fiato.

Rido. "Chi è che ha il controllo qui, bambola?"

Lei fa finta di tirare il nastro che la lega. "Tu, dannazione. Vai avanti!"

Esco e le assesto due forti colpi, uno per natica. "Oggi devi volerlo nel culo."

"No, no, non voglio," risponde rapidamente, e io rido di

nuovo. Prendo un cuscino e glielo infilo sotto alla pancia per avere un'angolazione migliore. Poi scivolo dentro di lei di nuovo.

"Oh, sì!" grida.

Non mi sarei mai sognato che la perfettina bimba avvocato incontrata quel primo giorno potesse essere così espressiva. Così reattiva.

Affondo ancora dentro di lei, e ancora, mantenendo un ritmo lento e stabile per diversi colpi. Poi il mio autocontrollo vacilla.

"Ecco com'è quando lo prendi di brutto, dolcezza," la avviso. Sostengo il mio peso sulle mani ai lati della sua testa e spingo dentro di lei, scopandola a fondo. Se le sue caviglie non fossero legate, le avrei spinto la faccia fino alla testiera del letto, tanta è la forza dei miei affondi.

Le sue grida mi fanno impazzire e il mio lupo diventa frenetico. La scopo e scopo e scopo ancora un po' di più, la stanza che riverbera degli schiocchi del mio ventre che sbatte contro il suo sedere, mescolato alle sue grida che mi riempiono le orecchie.

"Sì, sì, sì, Garrett!" grida. I suoi muscoli si contraggono e stringono in rapide pulsazioni, e io spingo a fondo per farle godere il suo orgasmo. Lei finisce e si accascia sotto di me. Io lo tiro fuori per il tempo che mi serve a liberarle le caviglie, poi le sollevo le anche facendole appoggiare le ginocchia piegate sul materasso, le gambe sempre aperte, il sedere in alto. Ha sempre la faccia in giù, le braccia tirate davanti alla sua testa.

Le do una manata in mezzo alle gambe. "Pensavi che avessimo finito, angelo mio?"

Lei si lascia scappare un lungo gemito. "Non ce la faccio. È troppo... piacere," mormora.

"Oh, adesso lo prendi, piccola. Adesso prendi il piacere che voglio darti. Sai perché?"

"Perché sono tua?" La sua voce ride.

"Giusto. Appartieni a me. Sei mia. Per sempre." Afferro i suoi fianchi e la infilzo ancora una volta con il mio sesso duro, dopo aver scattato un'altra fotografia mentale. Le assesto un altro schiaffo in mezzo alle gambe. "Proverai di nuovo a lasciarmi, piccola?"

"No, signore."

Altri tre ceffoni dritti sul clitoride.

La sento gemere.

"Ragazzaccia. Adesso dovrò scoparti fino a che non sarai delirante."

"Lo sono già." Le sue parole sono soffocate dalle coperte e sicuramente biascicanti per il desiderio.

Mi piego in avanti per far scattare la lingua tra le sue pieghe umide.

"Oh, Dio," geme lei.

Vorrò anche torturare la mia compagna con una serie di multipli orgasmi, ma la mia resistenza non terrà ancora a lungo. Mi alzo sulle ginocchia e metto il mio membro in linea con il suo ingresso. Affondo nel suo umido calore e gemo a mia volta. È ancora meglio da questa angolazione. Con le dita strette sulle sue anche, pompo dentro di lei, prendo possesso del suo dolce corpo, sono al comando. Ruoto gli occhi indietro. È fantastica. Strettissima. Sensualissima. Giustissima.

L' orgasmo arriva come un treno in piena corsa, mi pervade e attraversa. Caccio giù una parolaccia e continuo a scoparla, sbattendo dentro di lei mentre fiotti di sperma eruttano dal mio sesso.

Il tempo diventa sfuggente. Non so quanto tempo sia passato quando la mia vista si fa meno annebbiata e mi rendo conto di aver smesso di scopare la mia nuova compagna.

Sono ancora aggrappato a lei da dietro, affondato dentro il suo sesso fino ai testicoli. Il mio respiro è affannoso come se avessi corso una maratona.

Amber geme leggermente, un suono soddisfatto, e strofina il viso contro le coperte. Strappo il nastro isolante che le blocca i polsi e la faccio stendere sul fianco in modo da potermi rannicchiare attorno a lei. Lei si sistema alla perfezione e il suo corpo combacia con il mio come se fossimo fatti l'uno per l'altra.

Le accarezzo i capelli e glieli scosto dal viso. "Tutto ok?"

Lei annuisce, con espressione sognante e la bocca curvata in un sorriso.

"Com'è stato come terzo appuntamento?"

"Mmm." Allunga una mano e mi tocca il viso. "Epico."

mber

IL CARTELLO fuori dall'Eclipse dice *Chiuso per evento privato*. All'interno i bambini corrono dentro al locale di Garrett. Ci è voluto un po' perché si sentissero a loro agio. La maggior parte dei bambini in affido hanno vissuto brutte situazioni. Non sono spensierati. Si trattengono.

Ma quando Garrett corre allo stand del trucca-bimbi e grida "Bello il trucca-bimbi! Posso avere un lupo?" i bambini si sciolgono un po'. Il gigante rozzo e tatuato che disegna il lupo convince tutti i bimbi a farsene fare uno.

Guardandolo, il mio cuore si riempie fino al punto di esplodere. Ha più che onorato la promessa di rendersi degno di me. Non che prima pensassi che non lo fosse. No, i suoi vestiti non sono cambiati, e va ancora in moto, ma fa ogni giorno dei passi avanti per rendere meraviglioso il nostro futuro. Come far preparare il disegno per la nostra casa dei sogni. E portarmi a dei veri appuntamenti.

"Alisa, tu vuoi uno Shirley Temple?" chiedo alla timida bimba rossa di capelli appena entrata nel sistema, con me in qualità di rappresentante.

I suoi occhioni verdi si fissano sul mio volto, ma non mi risponde, il che è piuttosto tipico.

"È una bibita. Sam li sta preparando laggiù." Indico verso il bancone, dove il giovane lupo mannaro sta mescolando bevande per i bambini.

La sua nuova mamma adottiva la prende per mano. "Ne vuoi provare uno?"

La bimba annuisce, sempre fissandomi.

"Ti do un consiglio: digli che vuoi ciliegie extra." Le faccio l'occhiolino e lei mi sorride, mostrando un bel buco vuoto dove le sono caduti i denti da latte.

"Chi sa ballare *Cupid Shuffle*?" esclama Jared. Sta facendo sia il dj che l'insegnante di danza in pista, con Trey come braccio destro. Sono in mezzo ai bambini e si dimenano con loro in un piccolo spettacolo di luci.

Parte *Cupid Shuffle* e Jared prende posto davanti al gruppo, guidandoli a destra e a sinistra, calciando e ruotando.

Io sorrido come un'ebete, così commossa dalla generosità di Garrett e del suo branco nei confronti di questi bambini, che neanche sono mutanti.

Sono brave persone. Bravi lupi.

E sono onoratissima di far parte del loro gruppo.

~.~

MOLTO PIÙ TARDI, mi premo contro il corpo caldo e solido di Garrett mentre guida la moto su per la montagna. La città ha l'ordinanza di mantenere il buio per il telescopio su Kitt Peak: poche luci artificiali competono con il cielo della notte. Pochi mesi fa avrei pensato che fosse pericoloso correre in moto di notte, ma tenendo stretto Garrett, sentendo i suoi muscoli sodi flettersi contro alle mie braccia, ho la sensazione di non essere mai stata più al sicuro.

La moto esce dalla strada e si ferma davanti a un punto panoramico. Garrett parcheggia e mi tira davanti a sé. Sediamo insieme e guardiamo lo spettacolo.

"Quello che hai fatto oggi è stato qualcosa di grande: aprire il club ai bambini," mormoro. "Non sapevo che fossi così bravo con i bimbi."

"Non lo sapevo neanche io," dice lui ridendo.

"Beh, sei stato meraviglioso."

"Avrò una ricompensa?" Mi sposta sul suo grembo e sento subito il genere di ricompensa che vuole.

"Mmm." Mi strofino contro il suo membro rigido sotto ai jeans. "Magari più tardi."

"Non qui?"

Rido. "Non sono ancora così selvaggia."

Lui mi bacia in un modo profondo e appassionato che mi tira fuori un gemito dalla gola.

"E adesso?"

"Ragazzaccio." Mi sposto sulla moto in modo da mettermi a cavalcioni dei suoi fianchi, rivolta verso di lui. Il panorama è bellissimo, ma io voglio guardare solo lui.

Mi passa le mani tra i capelli. Ora li porto quasi sempre sciolti. Sono tutti scompigliati, arruffati dal vento, ma a lui sembrano piacere così.

Per un momento il suo volto si offusca. Vedo Garrett, un po' più in là con gli anni, simile a suo padre, nel vialetto di una bella casa di mattoni. Tre bambini – una femmina e due maschi – gli giocano e corrono attorno mentre lui sistema la sua moto, fermandosi a volte per mostrare loro come ruotare un bullone.

Quando la visione si dissolve, lo stringo con forza.

"Vuoi dei figli?" mormoro.

Una risata gli vibra nel petto. "Non so se sarei un bravo padre, ma sì. Anche se speravo di avere più tempo da solo con te prima di aggiungere dei marmocchi alla famiglia."

"Dei lupacchiotti? Potremmo sempre chiedere a Jared e Trey di fare da babysitter."

"O chiudere a chiave la porta della camera da letto."

"Funziona solo se non gli insegni a scassinare le serrature," lo rimprovero io per scherzo, e Garretti ride, spostandomi un po' indietro in modo da potermi vedere in volto.

"Perché tutti questi discorsi sui bambini? Sei…" Il tono speranzoso della sua voce mi dice tutto quello che mi serve sapere.

"No. Non penso." *Non ancora*, aggiungo mentalmente, accarezzando la peluria sul suo mento. "Ho appena avuto una visione del nostro futuro."

"Davvero? Com'era?"

Sorrido. "Lo scoprirai."

Iscrivetevi alla newsletter di Renee per ricevere Indomita, scene bonus gratuite e notifiche riguardo a nuove pubblicazioni!

https://BookHip.com/MGZZXH

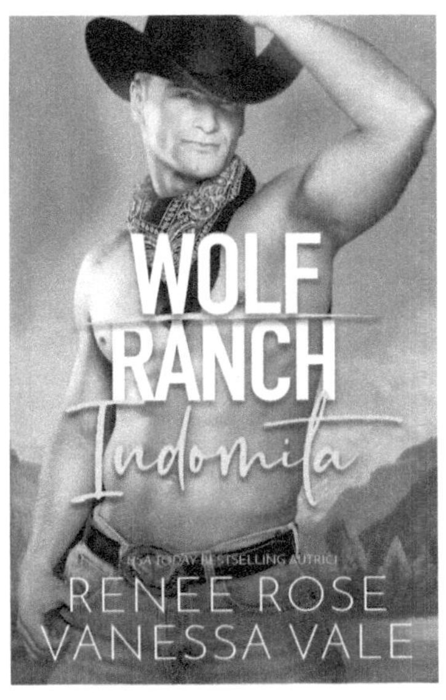

L'autrice oggi bestseller negli Stati Uniti Renee Rose ama gli eroi alfa dominanti dal linguaggio sboccato! Ha venduto oltre un milione di copie dei suoi romanzi bollenti, con variabili livelli di erotismo. I suoi libri sono comparsi su *USA Today's Happily Ever After* e *Popsugar*. Nominata *Migliore autrice erotica da Eroticon USA* nel 2013, ha vinto come autrice antologica e di fantascienza preferita dello *Spunky and Sassy*, come miglior romanzo storico sul *The Romance Reviews* e migliore coppia e autrice di fantascienza, paranormale, storica, erotica ed ageplay dello *Spanking Romance Reviews*. È entrata cinque volte nella lista di *USA Today* con varie antologie.

Iscrivetevi alla newsletter di Renee per ricevere scene bonus gratuite e notifiche riguardo a nuove pubblicazioni!
https://www.subscribepage.com/reneeroseit